続・粕谷栄市詩集

Kasuya Eiichi

Shichosha 現代詩文庫 173

JN272551

Gendaishi Bunko

思潮社

現代詩文庫　173　続・粕谷栄市詩集・目次

詩集〈悪霊〉全篇

I

詩集〈化体〉から

装幀・芦澤泰偉

詩篇

詩集〈悪霊〉全篇

I

冷血

いつ、どんな時代にも、生きてゆくために、個人が専門の技術を身につけなければならないのは、当然のことである。

さまざまの仕事のなかで、特に、私が選んだのは、猿を殺すことだ。猿を殺して紙幣に換えることだ。

猿は多くの人々の集まるところにいる。何気なく人々に紛れ込み、猿を発見して、素早く、それを始末しなければならない。周囲を汚したり、悲鳴を上げさせたりしては、再び、仕事ができなくなる。

鋭い鉤のようなものを使って、一瞬の間にそれができるようになるには、少年時代からの長い孤独な修練が要る。深い血の闇のなかで、まず、身近な人々を欺くことから始めて、全ての言葉を超える、猿と自分の不動の関係をつくりあげるのだ。

普通の人々は、私の猿の存在を、一生、それと判らずに過ごす。しかし、私は、たとえば、虚数のように、それが何処にどんな姿で匿れていても、直ちに、その小さな赤い顔を見出して処理できるのだ。

もちろん、他人のなかにも、私と同じ日々を送る者がいる。その卑しく愚かな、無垢の生命を奪って生きている者が。

誰も気づかなかったが、今日、街で、一人の老婆にのしかかって、猿を殺している男を私は見た。幻のように彼は去り、あとに口をあけて倒れている老婆が残った。

その時になって、ようやく、彼女のまわりに人々が集まって、騒ぎはじめたが、残念なことに、彼らのなかに私は、猿を見つけることができなかったのだ。

妖怪

――M・Mに

あるいは、何もかも無視してよいのかも知れぬ。だが、全て、妖怪が、妖怪である真の理由は、その本当のすがたを、遂に、誰も知ることができないことである。

さらに、何故、それが、彼らに可能であり、そのように、彼らが存在できるのか、判然としないことである。妖怪は、その存在を信じる者にとって、全てなのだ。

たぶん、人間への悪意に満ちて、彼らは、何ものでもあり得る。何ごともなし得る。それゆえに妖怪なのだ。

ある年の八月、ひとりの美しい女が、全裸のまま、受話器に手を伸ばして、死んでいた。紛れもなく、それは時代を超え、国家を超えて存在する、ある種の妖怪の仕業だと言える。機械や紙幣の彼方で、死と永遠に操られるものの冷酷な仕業だと。

もちろん、それを否定することは自由である。それはとるに足らぬ迷信にもとづく、妄想に過ぎない、と。

しかし、この暗黒の世紀を生きて、妖怪が、真に、妖怪であるとき、それこそ、彼らが望んで止まないことである。造花の闇のなかで、彼らが、あらゆる方法を用いて、そのように仕組んでいることである。

その女の美しい白い死体が、途方もなく、巨大で、自分の住む街が、その熱い内臓の一部であることに気づいて、戦慄した者は、ごく、僅かなのである。

――深夜、ほかに誰もいない部屋の卓上に、一個の南瓜が置かれている。謀られて、自らを失い、まじまじと、それを凝視せねばならぬ者にとって、南瓜もまた、一つの妖怪である。

猿を殺して生きる者への忠告

猿を殺して生きることを選んだ者にとって、忘れてならぬことは、先ず、猿を殺すこと、それもできるだけ多くの猿を殺戮することである。

猿が、自分にとって何であり、何故、それをしなければならないのかなどと、絶対に考えてはならない。それは弛緩であり、退廃である。猿を殺して生きる者の栄光を、自ら放棄することにほかならない。

特に、猿の数があまりにも少なく、滅多に、それを知る機会のない今日、その種の迷妄が、実に多くの見せかけの猿を世界に氾濫させている。

純一に自己を貫いて生きることが、異常に困難な時代なのだ。だからこそ、逆に、猿を殺して生きることの栄光があると言える。考えられるあらゆる手段を考え、成し得る全てを成し尽くして、烈しく時を過ごさなければならぬ。目的をもって生き得ることは、僥倖なのだ。さらに、それを至福の日々としなければならぬ。

たとえば、真の猿と贋の猿と、どちらがどちらであるか、瞬時にして入れ替わるそれらを、完璧にあやまたず処理してゆかねばならない。かりに、誤謬を犯したとしても、直ちに、それを忘却できる強さを持たねばならない。

それこそ、単に、猿であることを超えて、われわれが真の猿に至る、いや、真の真の猿に至る、唯一の深紅の道なのである。冷たく、覚醒して、そのとき、われわれは生存している。そのとき以外は、何かの幻にひとしいのだ。

感傷旅行

四月になったら、遠い岬の町に旅行しようと思う。四月になったら、生まれて初めての休暇をとって、深夜の疎らな人影の駅から、終点まで、長距離列車に乗るのだ。

一度古い雑誌の写真で見ただけだから、その町の名は憶えていないが、辺境の静かな小さな町だ。

岬の突端に、どの家も、庭に小鰕を干して、三十軒ほど寒風に吹かれている。

その一軒のさびれた旅館の、私は止宿人になるのだ。たぶん、そこで、私は、剃刀などの行商の旅を続ける、とても内気な男なのだ。二階の小部屋に閉じこもって、食事のとき以外、誰にも会わない。

その私の唯一の楽しみは、一日に一度、そっと家を出て、砂浜のはずれの小屋のなかで、見知らぬ優しい少女と密会することだ。長い接吻と抱擁のあとで、その細い咽喉を両手で絞めて、殺してしまうことだ。

毎日、一人ずつ、花のような死体を梁に吊すのだ。

もっとも、実際には、その岬の町に、そんな少女は一人もいないから、私は、ただ、壁の隙間から日の射しこむ小屋のなかで、独り、空箱に坐って微笑しているだけかも知れないけれど。刑罰のような風の音を瞑目して聴いているだけかも知れないけれど。

それだけのことだ。要するに、ただ、それだけを、深く、自分の記憶に残すために、私は、全部の貯金を下ろして、悪夢の駅から出発するのだ。あるいは、私だけの死と偽りの日々、それも何かの幻かも知れないけれど。

私が生涯を過ごした遥かな紙幣のような都市の、私が生涯を勤め続けた保険会社の、古い帳簿のようなものかも知れないけれど。

四月になったら、遠い岬の町に旅行しようと思う。四月になったら、終りのない休暇をとって、致死量の薬を嚥んで、懐かしい過去の町に行くのだ。

霊界通信

大きな灰色の塀に、一脚の梯子が立て掛けられている。その根もとに、錆びた塗料の缶が、一個、置かれている。あたりは、しんとして、静かだ。どこからか、日が射していて、くっきりと、梯子と缶の影が、塀と地面に落ちている。

その傍らに、塀に寄りかかって、ひとりの男が立っている。どこかの工場の作業服を着た、中年の男だ。少し疲れた、険しい表情をして、じっとこちらを見ている。

冬の日の午後二時、何の物音もしない。彼は、ひどく孤独な感じだ。彼の影も、黒く、塀に落ちている。

別に、変わった光景ではない。工場の並ぶ地区の街裏で、よく見る光景だ。ただ、全体に、何かおかしいのは、気がつくと、ひどく高い天の下で、そこでは、何一つ、遠くを走る二匹の犬すら、全く動くことがないことである。彼は小さい顔をして、じっとこちらを見ている。

何年、何十年たっても、それは変わらないだろう。おそらく、永遠に、そのままであるに違いない。

そこに、立っている男は、既に、死んだ男であるからである。四十年、石鹼工場で働き、ある年、彼は、自ら、生命を絶って死んだ。それ以前の戦争の日々、四人の家族の二人をそれで失っている。晩年、自宅の狭い裏庭に菜園を作り、幾つかの萎びたトマトを収穫して、笑ったことがあった。彼と彼の生涯について、知られているのはそれだけである。

この世では、誰の手にも入らない、雑誌「霊界通信」の創刊号に、写真入りで、その記事が出ている。五十五ページの下段だ。ただ、どんなによく見ても、その写真のどこにも、彼はいない。

大きな灰色の塀に、一脚の梯子が立て掛けられていて、その根もとに、錆びた塗料の缶が、一個、置かれている。静かなそのあたりに、どこからか、日が射していて、くっきりと、梯子と缶の影が、そこに落ちている。

少し離れて、創刊号が終刊号だった「霊界通信」らしい雑誌が、一部、捨てられていて、小さく、風に翻っているのが、分かるだけである。

チャーリー・コルデン氏抄

チャーリー・コルデン氏、あなたは、私を知らないが、私はあなたを知っています。

コルデン氏、あなたは、五十二歳まで、三十年間、肉屋をしてきた。一生、酒も煙草ものまず、独身で過ごして来た。お金ばかり溜めましたね。

コルデン氏、それでも、あなたは、教会では、よく寄金をし、戦争に反対して、署名もした。あなたの趣味で咲かせる蘭は、珍しい花ばかりでしたね。

コルデン氏、あなたは、優しくて、愛想がよくて、誰にも、林檎のような笑顔を見せた。東二番街のあなたの店で、いつも忙しく働いていた。あなたの店の牛肉は、評判で、あなたの包丁さばきは見事だった。永遠の光さえ宿っていた。

コルデン氏、けれども、あなたは、たった独りの部屋に帰ると、全く、人が変わりましたね。毎日、夜更けから翌日の明け方まで、それが別のあなたの時間だった。暗い生命の世界での、あなたの変身の時間だった。

コルデン氏、あなたは盛装して、街へ出かけ、大勢の子どもを殺した。赤毛の子を井戸へ投げ込んだ。金髪の子を絞殺した。二千人以上の子どもが、あなたの犠牲になった。巨きな幻の冷蔵庫のなかで、夜毎、悲鳴と下着が、慄えながら凍って行きましたね。

（コルデン氏、それを知ると、あなたの顔は、常に誰か他の人の顔のようだった。奇妙に赤くて、手足も縮んでいるようだった。晩年、そのあなたは、どの街角にも、古い蝙蝠傘をさして立っていましたね。）

コルデン氏、それにしても、あなたは変わった死に方をした。象のように肥満したあなたは、大きな煙突を、全裸になって、登っていた。最後に、両手を放すと、笑いながら、深くさびしい闇に墜落していった。

コルデン氏、何もかも不完全なこの世紀、それが、たった一度だけ、私の夢に現われたあなたの全てです。

チャーリー・コルデン氏、再び、あなたを憶い出すことはないでしょう。あなたに、深く、感謝しています。

悪霊

――T・Tに

誰も知らない、その白鱓の料理のことだったら、その男に訊かなければ、分からない。南風の岬の館に、爽やかに、永く、独り暮している、その男に訊かなければ。海の見える高い断崖の上に、彼の瀟洒な館はある。

七月、遠く、青空の汀を歩いて、彼を訪ねると、扉は開いているが、彼はいない。深い庇を持つ彼の館は、意外にも、小さな部屋が一つあるだけだ。

明るい天窓から光の入る、その部屋には、そして、卓子が一つ、椅子が一つ、静かに、置かれているだけだ。

水仙の花を飾った、その卓子には、ただ一枚、白い皿があって、ひっそりと、それに載っているのは、匂うように、新しい一枚の幼女の下着だ。

遥かな海鳴りの死のような轟きのなかで、それは、たった今、そこに置かれたようであり、永遠に、そこに、そうしてあったようでもある。

黙って、それを見ていると、しだいに、それは、白鱓の怖ろしい毒のあるものに変化して来る。深く、忌まわしい悪霊の時間が、どんな人間にも、この世にあるものは、全て、怖ろしいものであることを教えるのだ。

見知らぬ日々、見知らぬ街の、透明な窯で煮られる、一体の、いや、無数の、痛ましく血のにじむもの。

——一枚の幼女の下着が、そのまま、世紀の惨劇を意味するものとなり得ることを。

それを知ることができたら、全てを失っても良い。ある種の人々がそう考える、この上なく、甘美な白鱓の料理の秘密は、おそらく、そこで、始まるか、終るかしているのだ。幻の銀のナイフの添えられた、怖ろしい、その一枚の幼女の下着の皿の上で。

全ゆる書物を読んで、この世の多くの罪と罰について、知らないことは無いと言われる彼のことだ。気難しく、南風の館に、独り住んでいると言うが、注文の多い古い料理店のことなど調べ尽くして、優しく、そうして、誰かを待っているにちがいないのだ。

亡霊

死んだ男を哀れと思うのは、何故だろうか。私には、彼が、何ごとも、意に任せず生き、惨めな生涯を送ったと思えるからであろうか。

人々にも、彼自身にも、見えなかったが、この世に生まれた日から、彼は、一つの巨きな血の卵に入れられていた。気づきさえすれば、彼には、十分、それを破壊する能力があったのに。

世界と彼を隔てる、巨きな血の卵、それは、一体何だったのであろう。何をしても、それが、彼を滑稽に、不透明にした。そのために、彼の全ては、うまくゆかなかった。ある港町に窮乏して育ち、彼は、卵の行商人となったが、失敗を繰り返した。辛うじて、晩く、妻子をもうけたが、直ぐ、酒に惑溺するようになった。

家族に見放され、身体を悪くして、やがて駅裏の路地で行き倒れて死んだ。とうとう、彼を駄目にする、巨きな血の卵から、出られなかった。彼の日々は、彼の歪んだ街で、汚辱と借財に歪んだまま終った。

それが判るのは、私も、彼と同じく、卵の行商をして生きる、彼の兄弟だったからである。

私たちのみ知る暗い魂の陸橋で、私たちは月に一度は会った。何かを慰め合った。あるいは、忌まわしい卵の斑に似た欠落のためだったか。あるとき、酒場でべろべろに酔って、私は、殆ど彼であったと思える。

一切は私たちの責任であるが、この世には、時代を半ば、亡霊のように生き、死なねばならぬ人間がいる。彼にとって、生存は、苦悩のみをもたらす冷酷な街にある。

暗く雪の降る夕べ、その半ば幻の街で、卵を売って歩くと、それが判る。彼の亡霊が、それでも一緒に酒を飲んだときの笑顔で、優しく、囁くのだ。

お前は、いつも少し変な男だな。俺は、並みの卵を扱って、結構、誰よりも、深く生きて死んだぜ。それにしても、お前の、巨きな血の卵とかは、一体、どんな世界の家鴨の卵かい。

辞世

この世を去る前の何年かは、好きなところで、好きなことをして暮したい。何もかも我慢して生きてきたのだから、さいごは、狐みたいに自由になるのだ。

古い、暗い贋札のなかの花町に住んで、俺は、女郎屋を開業だ。結構な嘘で固めた、土蔵屋敷を手に入れて、遠い村々から集めた、若い豚たちに着物を着せて、客を取らせる。

提灯と唄とおまんこで、女郎を買うばかを集めるのだ。世間は、大団円戦争とかで狂って、景気がいいから、連日連夜、俺の女郎屋は大繁盛だ。大体、金のある男は人間の豚だから、俺の女郎たちが、気に入らないわけがないのだ。襖を閉めると、この世の迷路を抜けられる、美しい穴に嵌まらないわけがないのだ。

儲かって、儲かって仕様がないから、俺は、毎日、銭と枕を数えては、大福帳に挟まって寝る。起きれば、酒を呑んで女を連れて、釣りにでかける。女のなかの女の海に舟を浮かべて、うっとりと笑って、鯛ばかり釣るのだ。

　気の遠くなる笛の音の明け暮れ、それでも、俺は、抜け目なく四方の泥人形には、きちんとお辞儀をする。永遠の今の暦が変わらぬよう、どの町にも、俄かに増えた俺そっくりの乞食に、笊のようなものを冠って歩かせる。橋も焼かせる。適当に人も殺させる。

　もちろん、こんな芝居にもやがて飽きが来るから、俺は、手近な蓬萊山に、俺だけの純金の茶室を立てることにする。そろそろ死ぬ俺の魂のために、俺はそこで痺れるほど行ない澄まして、俺の純金の辞世を考えるのだ。

　　はるのよのきつねとなりてきえにけり
　首尾よく、ある日、俺は誰かの有名な句を盗んで、俺の辞世とする。その日、気が変わらぬうちに、大声で泣きながら、狐みたいにこの世を去るのだ。

　思えば、つまらない贋ものの一生のつまらない贋の晩年だ。何もかも我慢して生きていると、こんな悲しい夢を見るのだ。

復活

　いかがわしい贋の春の夜のことだ。どうして、そんなことになったのか、おれは、その男と二人きりで、永く何かを待たされていた。おれたちの並んで座る椅子のほか、何も無い、造花のように淋しい待合室だ。

　絶えて誰もやって来ない。ただ、悲しいほど、静かな無意味な永遠を、その男とおれは、たがいに、深くおし黙って、さらに無意味なものとしていたのだ。

　その男と言うのが、実に、どうしようもなく、へんな奴だったのだ。おれと瓜二つの、最新の流行の服を身に着けているくせに、考えることもできぬ、ふざけたことをして、平然としている。

　言いにくいが、つまり、奴は、椅子に座って、広げたズボンの股間から、こともあろうに、床にまで届く、長茄子のような男根をぶら下げていたのだ。

　それだけならば、よくいる露出狂だが、時々、懐ろの財布の紙幣を数える、その横顔には、何度、見直しても目鼻がない。青い風船ののっぺらぼうなのだ。

これは悪夢だ。それも、へんに、俗悪な、前世紀の書物の悪夢だ。そう考えてみるのだが、しかし、現実に、おれは、この化け物のような男と二人だけで、淋しい密室に、いつまでも、何かを待たされている。

たぶん、どこか、この世の桃色の首都の街角で、おれは、ひどいまちがいをして来たのだ。今日、真面目に生きているということは、あるいは、この種の運命に出会うことなのかも知れない。

何一つ分からないが、奴にとっては、きっと、おれが、金貨のように、気味の悪い人間なのだ。

悪霊のみ知る、悲しいほど、静かな粘膜の春の夜、気がつくと、おれは、おれのズボンの股間から、おれの小さな男根をぶらさげて、座っていたのだ。おれも、青い風船ののっぺらぼうの顔をしていたのだ。

そうしていれば、つまり、全てが完了して、金髪の何かとおれが合体できる、至高の昇天の瞬間が、痺れるように、おれにもやって来ることが、どうやら、次第に、わかってきたのだ。

奇術

今では、誰も記憶していないだろうが、私の知っている奇術のなかで、最も興味深いものは、人間の顔を、巨きく、膨張させて、卵に変えて見せるものだ。

深夜、どんな街で行なわれる奇術も、そうであるように、それは、甚だいかがわしいものだが、何か忌まわしく、淋しい花のような戦慄を、人々に感じさせるのだ。

何の飾りもない暗い小さな舞台で、椅子に座った、一人の男が、それを始めると、彼の顔は、少しずつ膨れ出す。刑罰のような灯のしたで、血走って、それは、そのまま、膨れつづけ、やがて、彼自身より巨大になる。

何十分か、何時間か後には、舞台いっぱいの仄白い斑入りの卵になるのだ。

最後に、巨大な一個の卵の顔だけの存在に、変わった彼は、それが、一応、無事、成功したことを示して、笑って見せる。それは、不可能のはずだが、舞台のそれは、明らかに、静かな笑顔を感じさせる。

驚くことに、そして、彼は、それから、皺だらけになって、そこで、死ぬのである。音楽とともに、蒼白な丸い卵の死顔に、幕が下りて、全ては終る。

だが、もちろん、奇術が、そこで終るわけでないのだ。この奇術が興味深いのは、実は、それからで、そのときになって、初めて、それを観ていた者は、その舞台の卵の顔が、自分の顔であったことに気がつくのだ。それを演じていた人間が、自分自身であったことに。

自分が、本当は、長い旅行の途中で、そんな奇術とは何の関係もない、貧しいホテルの一室にいたことに。深夜、独り、卓子に向かって、茹で卵を食べているところだったことに。

優れた奇術は、それが、いつ始まったかいつ終ったかさえ、判らないものだと言う。だが、善良な旅行者を弄ぶ、このような悪霊の奇術は、良くない世紀のものだ。

それは、誰もが、疲れた旅行者となって慄える、悪夢の寒夜の、理由なく、人間の手足と運命が、油紙に包んで売られる、私たちの迷路の街のことなのである。

梯子あるいは人生について

――梯子を梯子を　失名氏

長い、途方もなく、長い梯子を手に入れること。横にすると、死刑台のある村から、死刑台の無い村まで、届くほど、長い梯子を、自分のものにすること。

ある日、一人の男が志を立てる。勿論、そんな梯子は、この世に無くて、多分、一年中、霙ばかり降る寒い街で、ひどく変わった暮しをしている禿頭の男の、その禿頭のなかにしか無いから、その男を探し出すこと。

彼の隠れ住む、凍った鰊の幻のその街を、一軒ずつ尋ね歩くこと。始めて見ると、そこには、貧しい小さな住居が、何百軒、何千軒となくあるから、何年かかっても本当の彼を見つけ出すこと。彼に似た男は無数にいる。だが、彼はいない。それはとても困難なことだ。毎日、寒風に吹かれて、見知らぬ人を尋ねるのは。当てもなく、碌な食事もせず、不可解な路地を歩き回るのは。

結局、行き倒れの死体にならないために、且つ、何としても、梯子を手に入れるために、その幻の街に住んで働くことになるのだ。昼間は、彼を探し、夜は、皿洗いをする生活をするのだ。それは、とても辛い暮しだから、ある夜、唐突に、刃物で人を襲って、財布を奪う。

俄かに、暗く狂った血の練の街で、しかし、彼は、何年も、そのように生き続ける。その間に、いつの間にか二人の子どものいる寡婦と一緒に暮している。やがて、いつか、彼は、その幻の小さな住居の片隅に金魚の鉢など置いて、一人の禿頭の老人になっているのだ。

ある夜、鏡を見ていて、そして、突然気がつくのだ。自分が探し続けていた男が、自分であったかも知れないことに。本当は、自分が、一生、本気で何かを探したことなど無い、ただの皿洗いの人殺しだったことに。

いや、そんなこともない。ある夜明け、家に帰った彼は、永年の疲れが出て、高熱を発して、そのまま、死んでしまうだけだ。枕もとに、何人か泣く人々がいて。

ただ、死ぬ前に、彼は夢を見た。天に伸びる、長い途方もなく、長い梯子を、自分が独り登っている夢だ。

あっ、彼は、足を踏み外した。途端に、永遠の暗黒が来た。

楽園へ

私の兄が、南の孤島に移り住んでから、もう十数年になる。時代も悪かった。首都での仕事に失敗して、彼は、家族を連れて、そこに行ってしまったのだ。結果として、それは良かったと思う。はじめの何年かは、消息が絶えて、心配していたが、やがて、遠い消印の便りが来るようになった。

それによると、彼は、幸福に暮しているらしい。鮫の多い海の果てのその島には、彼の家族のほか二、三家族しかいないらしいが、彼は、そこで、彼らと共同して、兎を飼う仕事をして暮しているらしい。

兄は、だらしない性格で、こちらにいる頃、様々のことで、よく他人に迷惑をかけた。何度も、詐欺のようなことをして、最後には、誰にも相手にされなくなった。その彼が、そこでは、無事に晴れやかに生きている。

どんな生活なのか、一度だけ送られて来た写真は、青空の丘の上で、何百羽という兎に囲まれた兄が、もう一人の男と二人がかりで、大きな黒兎の耳を摑んで、立たせて笑っているものだった。

万事に大袈裟な彼のことだから、まともに信じられないが、仲間との島の日々はそのまま、天国の日々だと言う。毎日、新しく生まれ変わって、ときには、裏返しになることもあると言う。要するに、島じゅうを兎の穴だらけにすることに、熱中して過ごしているのだ。

ただ、雨季の間だけは地獄で、その時は、何もかも、水に漬かって、兎と人間の区別さえ無くなる。全員が、夢中で、長い耳をして睡って、どこかの南の楽園の孤島へ、何かを超えて、移るのだそうだ。

昔の癖が出て、彼は、その時、兎たちに必要だから、歯刷子やら鉛筆やらを送れと、無心してくることがある。だが、どうして届けることができよう。彼の住む島が何処にあるかは、未だに、分からないのだ。

おそらく、兄と私はもう一生会えることはあるまい。それを思うと涙が流れるが、気がつくと、私のただ一人の兄は、たしか戦争中、戦地で一度死んでいるのだ。

「症例ジョン」

一切は、ジョン自身の記録に基づくのであるが、ジョンが、発病したのは、彼が、十五歳になった春のことである。貧しい工夫の多くの子のひとりであった彼は、その年、埠頭倉庫で働くことになったが、多分、それと同時であると思われる。

彼の症状は、唐突に、全身を襲う激しい痙攣とそれに伴う失神である。数分乃至数十分で回復するのであるが、その間、彼は、明瞭に、「自分が自分ではない何ものかである」意識を持つらしい。その対象は、僧侶、医師、主婦などから、犬、樹木、さらに石塀やら稲妻などに至るまで、考えられぬほど多様なものであった。

興味深いのは、四十年も続いた、この症状を、彼自身をも含めて、誰も気づかなかったことである。一つには、その昏迷に陥るのが、ある特定の場所、多くの埠頭の倉庫のなかでも、最も使用されない綿花倉庫の小さな屋根裏部屋であったことによろう。

他人に知られず、休息できるその場所を、永年、彼は彼のみの秘密にしていた。注意深く、そこに上る梯子を荷物の間に隠し続けたのである。奇妙な叫びや物音が聞こえることもあったはずだが、ジョンは、倉庫の全ての扉を、内側から閉ざせる立場にいたのである。

五十五歳で、彼は、鉄橋から身を投げて死んだ。不実の妻と二人の暗愚の子を養う不幸な生涯であった。ただ、小心で寡黙であった彼にとって、日々、あまり他人に会わずに済む倉庫の番人の仕事は、天職と呼ぶべきであった。

重複を免れないが、彼の病気は、遂に、誰にも知られなかった。「症例ジョン」。この不完全な記述も、前述のごとく、実は、死の直前の発作の間に、彼が、あり合わせの伝票に記したものを、殆ど写したものである。

めずらしく少年時代から本を読むことが好きで、日頃、古い安価の通俗医学書を愛読していた彼にして、最後の日、自らを診断する何ものかであったのであろうか。しかし、空しかったのである。

献花

私がジョージに初めて逢ったのは、九月、私が、病気であると判った、秋の初めの一日だった。十二月に、彼は、私の世界を永遠に去ったから、私たちの日々はとても短いものだった。

ジョージは、最初から、それとなく、私に知らせていた。自分が、本当は、一枚の写真のなかにいるだけの人間だと。だから、いつも、病棟の日溜りの椅子に座って、じっと私を見詰めていることしかできないのだと。

実際、そうだったのだ。そして、それ以上に、可哀想に、彼は重い病人だった。脳に腫瘍があって、数カ月後には死ぬ運命だったのだ。写真は、彼が、未だ良い状態のとき、誰かが撮ったものだった。

私は、彼の生涯を知っていた。貧しい農家の息子であった彼は、十六歳まで絵を描くことの好きな優秀な生徒だった。蹴球の選手でもあった。それがある日、突然、字が書けなくなった。幾つもの病院を転々として、やがて全身に麻痺が来た。

唐突に、そして彼は凶暴になった。深い夢のなかでしか、私はそれを知る由もなかったが、銃を手に入れて、彼は、秘かに他人を殺し始めた。毎日、どこかで人々の血を流し続けた。私たちの夢の街は無人となった。廃墟のように蔓草が茂り、暗く暑くなった。私は疲れた。

十二月に、私は、別の病院に移ることになって、彼と別れた。私は、彼が好きだった。九月の青空のような少年だった。一切がこれからというとき、狂った虹が彼を連れ去った。私が、彼だったかも知れないのに。

それは、私の感傷だ。だが、いつか、彼は私と彼の癒えることのない病気の海で、世界で一番美しいヨットに乗っている。

この世のものでないカレンダーの日々、待合室の色褪せた一枚の写真のなかで、贈れなかった花束の代わりに、私は、それを彼にかたく約束したのだ。

霊狐

満開の桜の木のしたで、琵琶を抱いた、百人の法師たちが、笑っている。水色の風が吹くたび、無数の花びらが、彼らに降って、彼らの笑顔を、さらに、愉しくしているのだ。

法師たちは、みんな盲目で、別に、それが見えるわけで無いのに。琵琶を抱いたまま、別に、彼らが、一斉に、天に昇るわけで無いのに。

それでも、百人の法師たちが、盃やら短冊をあたりに散らして、賑やかに、笑っているのを見るのは良いことだ。満開の桜の木のしたで、思い思いに、琵琶を鳴らしたり、踊りを踊ったりしているのを見るのは。彼らの悦びは、そのまま、一切の理由を超えているのだ。

どんな歴史にも無い春の一日、たとえ、それが、歌留多の札の花山のことで、彼らをかこんだ、幔幕の外は、また、別の世界だったとしても。

そうなのだ。その外は、漆黒の闇で、墓場ばかり連なる野原なのだ。そして、その果てに、ぽつんと、灯のともる刑場があって、今しも、手を合せて坐った一人の女を、刀を振り上げた一人の男が、斬ろうとしている。

そうなのだ。その瞬間のことなのだ。そこに、たとえば、一匹の霊狐と呼ばれるものの強い力が作用するのは。次の瞬間、女は、美しい一輪の朝顔となっており、男は、花山の百人の法師の一人となっている。

どんな歴史にも無い春の一日、しかし、誰もが、盲目の法師の一人となって、信じることができる。このような愚かな世界にも、かりに、一匹の霊狐と呼んで良い、私たちの魂の光が存在することを。それは、あり得ない巨大な力で、どんな恐怖も、どんな過失も、水色の天に舞う、無数の花びらに変えることができるのを。

今しも、それは、幻の一匹の白い狐となって、巻物の船の上から、百人の法師たちが笑うのを見ている。

そうなのだ。優しい人間なら、誰もが、その霊狐となって、ありありと、見ることができる。満開の桜の木のしたに、琵琶を抱いた、幻の百人の盲目の法師たちが、愉しげに、笑って坐っている。

卵ト私

今日、私ガ、烈シク、憎悪スルノハ、私タチノ白イ卵ノ恐怖ニツイテ、一度モ、真剣ニ知ロウトセズ、考エルコトモナイ、多クノ人々ノコトデアル。

厚顔ト言ウベキカ、彼等ハ、ソノコトヲ恥ジヨウトセズ、逆ニ、ソノコトヲ、誇リトサエシテイル。ソノ方ガ彼等ニ有利デアリ、彼等ヲ優位ニ導クカラデアルガ、実ハ、ソレコソ、卵ノ巨キナ恐怖ノ力ニヨルノデアリ、ソノタメニ、無数ノ、血ノ悲劇ヲ負ウ人々ガデキル。

ツマリ、卵ハ、私ガ、卵ト呼ブモノハ、単ニ、私ガ、私タチガ、卵ト呼ンデイルモノデナイノダ。ソレハ、卵デアルト同時ニ、イヤ、ソレ以上ニ、ソノ卵ニ対スル私タチノ恐怖ナノデアリ、恐怖ソノモノナノダ。

ソレハ、私タチヲ不安ニサセ、麻痺サセル。互イニ、反目サセ、分裂サセル。ソノ結果、私ノ考エデハ、サラニ多クノ卵ヲ、ソシテ、私タチノ死体ヲ、私タチニモタラスモノナノダ。当然、ソノ逆ノ場合モアリ得ル。

卵ハ、矛デアリ、卵ハ盾デアリ、私タチガ、共ニ生キル限リ、必ズ、在ルモノナノダ。何ピトモ、卵カラ、自由デアリ得ナイ。ソシテ、サラニ自由デナイノダガ、ソノ私タチ一人一人ノ闇ノナカデ、古ク、新シク、卵ハ、イヨイヨ、卵トナッテユク。即チ、卵ハ、私タチノ巨キナ魂ノ悲劇ノ理由ナノデアル。

錯誤ト歪曲ニ満チタ、コノ主張ハ、私モ、マタ、卵ノ麻痺ニ在ルコトヲ示スモノカモ知レナイ。事実トシテ、凡ソ、アリ得ナイ、白イ虚妄ノナカデ、コノヨウニ、孤立シテ、私ガ、考エルコトハ。

ダガ、私ハ踏ミトドマル。私ハ、カリニ、卵ガ、私タチノ狂気デアリ、私タチガ無力デアルニセヨ、私タチハ、卵ニ打チ勝ツコトガデキルト信ジル。私タチハ、私タチガ、共ニ生キテイル以上、ドンナ方法デカ、卵ヲ倒シ、卵ヲ超エル、必死ノ努力ヲスベキダト思ウノダ。

シタガッテ、私ハ、卵ヲ、卵ソノモノヲ憎マナイ。

私ガ憎悪シ、一人一人、抹殺シタイトサエ、考エルノハ、卵ノ恐怖ニツイテ、一度モ、真剣ニ生キヨウトシナイ、コノ世ノ多クノ人々ノコトナノデアル。

撲殺

いつの時代にも、日々をよく生きるために、人々は、何かに興味を見出す。今日、深い血の迷彩の街に住んで、私たちは、誰もが、そのための自分の眼鏡を持っている。そのための独りの陸橋の時間を持っているのだ。

私は、撲殺に興味を感じる。多くの殺人の手段のなかで、最も単純に、素朴に、その目的を露わにしているものに。

凶暴な青空のある日、それは、唐突に行なわれる。例えば、昼下りの静かな公園に、一本の棍棒を持って現われた、一人の男が、いきなり、そのベンチに座っていた別の男の頭に、烈しい一撃を加える。

鈍い打撃の音とともに、撲られた男は、昏倒するが、彼は、なお、機械のように、棍棒を振り下ろして、そのまま相手を死に至らしめる。

もちろん、それは、誰の目に見えるというものではない。そして、撲殺のほんの一例に過ぎない。だが、全ての撲殺は、この一例に集約できる。たとえ、それが複数の棍棒を持った、複数の人間によって、一斉に行なわれたとしても、事情は、全く、同じである。

興味深いのは、そして、そのとき、それを行なう人間つまり、その撲殺者のことである。何故か、彼は、必ずつるつるに頭を剃った、異様なすがたで、現われる。

普段、私たちの街で、そのような人間を見ることは滅多にない。にも関わらず、彼は、不意に私たちの周囲に出没し、毎日のように、どこかで惨劇は行なわれる。

何故、そうであるのか。強烈な棍棒のその一撃を、直接、自分の頭にくらえば、瞬時に、その一切の暗黒の仕組みが納得できると言われるが、そうかも知れない。

今日、自由であるために、私たちは、誰もが、自分の神聖な夢のなかで、つるつるに頭を剃り、顔を青く染め、一本の重い殺意を携えて、生きている。例えば、昼下りの公園の便所のかげで、息を詰め、焔の目をして、蹲まっている時間が必要だからである。

橋上の人

美しい夕日の高い橋から、永く、自分の住む街を眺めるとき、古い記憶の窓のなかから、私たちは、思い起すことができる。

全く、自分と関わりのない男と自分が、何もかも、同じ檻に入れられ、同じ食事、同じ衣服、同じ日課で、毎日を過ごす場合のことを。

何年かして、誰かに見られたとき、二人は、ひどく似ている。どちらが、どちらであるか、判らないのだ。

大部分の人が、自分には、絶対にそんなことはあり得ないと信じている。本当は、現実には、自分が、見えない日常の檻のなかで、見知らぬ男と、共に頭を剃られた、恥辱の日々を送っているかも知れないのに。

自分は、自分と全く異なる、その別の男であるかも知れないのに。だが、多くの彼は、その偽りの彼の街で、何も知らずに、幸せにその生涯を終る。それは、それでよいのであろう。

だが、鋭く、その事実に気がつく、少数の例外者がいる。犬の血をからだに持つ彼は、自分が、偽りの運命を生きているのを感じる。日々の暮しのなかで、独り、鏡を見るとき、彼は、必ず、そこに、見知らぬ他人の顔を見出すのだ。何ものかに完全に騙されて来た自分を。

彼は不幸である。逃れがたく不幸である。生きている限り、その偽りの現実から、彼が、解放されることはないのだから。死と暴力と狂気のほか、この世で、彼が怒りを紛らす方法はないのだから。

彼が、どんな塀を超え、何を殺すにせよ、悪夢の世界で、結局、彼は、檻に入れられ、頭を剃られて、何ものでもない自分を生きることになるのだ。

——彼は、私であり、あなたである。

美しい夕日の高い橋から、永く、自分の住む街を眺めるとき、私たちは、彼の顔をして、彼の服を着ている。遠く、小さく、だが、直ぐ、彼を、そこに忘れ去ってしまうだけである。

喜劇

都会で、独りで生きている人間が、自分の小さな部屋でも愉しむことのできる、ある種の変わった遊戯について記したい。

おそらく、何かがひどく欠けている男が、同じく彼の小さな部屋でぼんやり思い浮かべたものだ。

独楽を回すこと、積み重ねた紙函を跳び越えて見ること、長い胴を持った犬を縊ること、——独りで生きていることの淋しさを慰める、この種の遊びなら、誰でもいくつかは知っている。

F氏（肥満した中年の金融業者であると、一応、ここでは、書いておくことにするが。）彼は、その一つを極限まで追求したひとりだ。つまり、彼自身にさらに限りない愉楽をもたらすために、単に、そのことだけに終らない、やさしい意志を貫いたのだ。

倦怠と孤独のその生涯の最後の日、F氏は、全ての衣服を脱いで、彼の部屋に閉じこもった。そして長椅子のうえで、長時間、逆立ちをつづけることによって、遂に自分の首を、自分の両脚のあいだに、つまり両股の付け根に移し変えることに成功した。

どんな鏡も、そうなった男を映したことはないであろう。そうして長椅子に逆立ちして、莞爾と笑っている男を。あらゆる錯覚を超えて、F氏のみ知るこの真実を、彼の部屋の鏡は、正確に映して、祝福したのだ。

F氏の悦びは深かった。いまや、世界は、確実に、変化し屈折して新しい。それゆえ、その直後、F氏は、剃刀で、自分の咽喉をかき切ることを選んだのだ。

完全に満足して、この狂った時代の、彼の人生の幕を下ろすことにしたのだ。

そして、同じく、何かをひどく欠いて、自分の貧しく小さな部屋で、苦痛に歪んだ顔をしている男に、笑って、笑って、何もかもが、そこで、赤い大きな卵から生まれ変わる、虹の喜劇の一幕を残していってくれたのだ。

肉体

首都の灰色の天が、金網の窓から見える。寝台の毛布のうえに、幾つも酒の空瓶が転がっている。床は、ねじれた煙草の吸い殻だらけだ。

地階にある、この忘れられた小さな部屋に、厨房から来るには、誰もが、背を屈めて狭い階段を降りてこなければならない。

それも、両手で危うく薬品の函を抱いて、それに、両肩のうえに何も見えない首の無い男になって、だ。

だが、なかに入ってドアを閉めてしまえば、あとは何をすることも自由だ。急いでズボンを下ろして、天井にいっぱい貼った写真の、どの全裸の女を相手にしてもよいのだ。

しかし、その首の無い男は、寝台に腰を下ろすと、すぐ汚れた手帳を開いて、日記を書きはじめた。誰も知らないだろう。中央駅の水槽に薬品を投げ込んで、二百三十人を毒殺した、首の無い犯人の日記だ。

大学を中退し、刑務所と病院を抜け出して、深夜の厨房で皿洗いをしている、いまは、奇型の謎となった男の日記だ。その首の無い反抗、首の無い絶望、首の無い妄想の日記だ。

孤独の世界に、長く生きていると、能力のある人間はどんなことでもできるようになる。宇宙と肉体を一致させる、強烈な超越の力を、自分のものにするからだ。世紀と個人の亀裂を超えて、それから巨大な剎刀の時間が、この無名の部屋にやって来た。

半時間後、何も知らないで、彼を訪ねてきた少女は、顔を覆って、自らを失う、悲鳴を上げる。

無かったはずの彼の首が、寝台に転げて、笑っているかわりに、ばらばらに切断された、彼の手足が、部屋じゅうに散乱しているからだ。

模造

この時代の日々を、永く、孤独に生きねばならぬ者にとって、注意しなければならぬことは、そのことが、彼自身にもたらす偏った嗜好である。

あるいは、純粋に彼のみの問題かも知れないが、たとえば、その一人が、自分の家で飼うようになった、爬虫類のことがある。

さまざまの種類の大小の蛇を、身のまわりに置くことに、彼は歓びを見出した。玄関といわず、寝室といわず、彼は、彼にとっては美しいその生き物を遊ばせて、生活することになったのだ。

他人に迷惑の及ばない限り、そのことは彼の自由である。かりに、彼の身長を超えるその一匹に、頸を巻かせて、庭で笑っている彼の姿が、訪問者を遠ざけたとしても、彼が満足していれば、それはそれでよいのだ。

しかし、その全てが偽りであること、つまり、彼の愛玩している蛇たちが、全て生命のないものであり、粘土のようなもので作られた贋物であることを知るとき、彼に関わりのある者もない者も、慄然とせざるを得ない。

ある夕べ、彩色されてはいるが、硬直した模造の生きものに囲まれて、彼が食事している。

秘かに、暗幕の隙間から、その彼を見ていると、犯罪者でなくても、乱入して、彼を射殺したい衝動にかられる。完全に狂っている彼の世界を、抹殺してやりたくなるのだ。

と言うのも、この錯誤、いや幾重にも屈折したこの錯誤のようなものは、今日、私たちの生きている世界が、模造の世界であり、模造の日々であることを、あまりにも露骨にしめしている。

幻の血に塗れた、彼の死体を残して、誰もが、一刻も早く、そこを立ち去りたいのである。

悦びについて
——diane aubus* に

孤独に生きている人間にとって、何よりも大切なこと、それは自分を悦ばせることだ。賢い人間なら、いや、そうでなくても、そのための努力をしなければならない。

自分を悦ばせること、それは人によって、様々だ。私の考えでは、どんな世界に住んでいようと、それは自分で発見したものでなければならない。

たとえば、私たちの街に住む、ふたごの人々に興味を感じて、彼らを尋ね、共に食事をすることに、深い悦びを見出した女性がいる。

誤解されがちのことだが、優しい彼女は、相手やその家族を気遣って、単に自分の意思のために、決して、彼らを傷つけることなどなかった。

それどころか、ときに遠く離れて住む、二人を会わせるために、ときに仲違いしている二人を和解させるために、貧苦を恐れず、睡る時間を惜しんで、働いたのだ。

彼女は、ただ、運命の魔法によって、よく似た顔をして生きる兄弟や姉妹たちと、ひととき愉しく睦みあう、小さな祭りのようなもののために、自分の人生を紙のように破って、献身したのだ。

そして、その記念に、彼女は沢山の彼らの写真を撮って、そのアルバムを作った。ほんの数年間で、彼女は、その全てをやり遂げた。その後で、十分満足して、自ら手首を切って死んだのだ。

彼女は、背が高くとても痩せていた。少女時代から、なかなか他人になじめなかった。無器用で、独り暮しの食事を作るにも、よく怪我をした。ときどき、ひどくふさぎこんだ。

——私の悦び、それは、自分の好きな女性について、全くでたらめのことを考えることだ。ひとり毛布にくるまって、この奇形の世紀の、間違った無垢の日々を作りあげてしまうことだ。

＊ diane aubus (1923.3.14〜1971.6.26)

福音

ぐにゃぐにゃに、のびたりちぢんだりするものとは、何か。ある静かな日、ひとりの男が、しきりに思いめぐらしたことがある。

ぐにゃぐにゃに、のびたり、ちぢんだりして、死ぬことのないもの。いや、死ぬことはあるかも知れない。しかし、それはみせかけで、ぐにゃぐにゃに、のびたり、ちぢんだりして、結局は、絶対に死ぬことのないもの。

遠くで、風の音はしていたが、その日は、とても静かで、ぐにゃぐにゃに、のびたりちぢんだりするものについて、その男が、あてどなく、しかし、まじめに思いをめぐらすには、まことに都合がよかったのだ。

彼の収容されている独房の高い小さな窓から、一筋の光のようなものが、射しこんでいて、ぐにゃぐにゃに、のびたりちぢんだりするものの巨きな影が、彼の足下で、妖しく、揺れている気配だったのだ。

ぐにゃぐにゃに、のびたりちぢんだりするもの。それは、この世界に確実に存在する。ぐにゃぐにゃに、のびたりちぢんだりして、実に醜く、且つ、ほとんど無にひとしいが、しかし執拗に生き続けているのだ。

少なくとも、この場合、それは遠い五月の川に並んで立つ杭の影のように、永遠に正しく、間違いのないことだったと言える。

ぐにゃぐにゃに、のびたりちぢんだりして、あるいは、自分に何の関係もないかも知れないが、ぐにゃぐにゃに、のびたりちぢんだりする、おれの心に、もはや何がやって来ても、恐れることなどない。

恥の多い生涯の終りに近く、いつもは、みみずのようにいじけているその男が、そのときは、怒っているように目を光らせて、自分の男根のようなものを握りしめていたからだ。

寒夜

しずかな天国のようなところで、底の抜けた桶のようなものと、寒夜を過ごした。

さんざん怒号と棍棒に追われたあげく、ようやく、おれだけが、たどりつくことのできた他人の屋敷の縁の下に似たところだ。

しんしんと、そこは、寒く、しずかで、ただ、自分が底の抜けた桶のようなものと一緒にいることだけ、奇妙に、はっきりしていた。少なくとも、射しこんでくる月の光で、桶のようなものは、桶のようなものの影を持ち自分の手足は、自分の手足の影をもっていることだけ、ふしぎにはっきりしていたのだ。

たとえば、他人の飯を盗むことでしか、生きることのできないひとりの男は、飯を盗むことにしくじった夜更け、よくよく、それを知ることができる。底の抜けた桶のようなものは、最後まで、底の抜けた桶のようなものであることを。

そして、さらに審判に似た一枚の莚のうえで、ふるえながらかんがえることができるのだ。他人の飯を盗むことの恐ろしさと自分のいのちの愛おしさを。底の抜けた桶のようなものと自分が、他人の世界で、底の抜けた桶のようなものと自分になって来た、古井戸の日々を。

さびしい天国は、深く、しずかで、いつ明けるとも知れなかったが、何のかかわりもなく、おれと底の抜けた桶のようなものは、膝をかかえて、そこにいた。

腹がへって、腹がへって、いつの間にか、おれが全く別の何かに変わってしまうまで。何の意味もなく、底の抜けた桶のようなものが、一つ、そこに残っている。そのことすらわからなくなるまで。

見知らぬ寒夜を、おれは、底の抜けた桶のようなものと過ごしたのだ。

敬礼

静かな五月の夜は、目深に、帽子をかぶって、敬礼したまま、死んでいる男のことを、はっきりと憶い出さなければならない。

ほかのことはともかく、何もかも遠い暗黒のなかで、今も、彼が直立して敬礼したまま、死んでいると言う、その事実だ。

何故、彼が、そうしたのか、そうしていなければならないのか。そのことにどんな意味があるのか。砲塔と花とともに、一切は崩れて、彼について、終るべきことは、全て、終っている以上、知る由もない。既に、いかなる強制も、自由も、存在することのない現在、自分がそうしていることを、彼が知っているかどうか、それも定かでない。

あるいは、彼のみに聴こえる風のようなもの、歌と悲鳴のようなもののなかで、目深に、帽子をかぶったまま、敬礼して死んでいる、その男の事実から、深く、彼自身が脱け落ちてしまっているからだ。

白骨と錯誤と、何もかもひどく遠い暗黒のなかで、だから、残っていることと言えば、彼に代わって、暗黒そのものが、帽子をかぶって、敬礼して死んでいることだけかも知れない。

修辞と欺瞞の世紀のかなたで、姓名も顔も墓もなく、ただ虚無そのものが、今も、忠実に、帽子をかぶって、敬礼を続けているのかも知れない。

敬礼せよ。静かな五月の夜、少なくとも帽子をかぶって、敬礼したまま、死んでいる男を憶い出すことのできる者は、その白骨の姿勢で、永遠に、彼がそうしていることを、憶い出さなければならないのだ。

春鶯囀

生まれて来なければよかった。どこかで、そういう声がした。生まれて来なければよかった。

静かな春の曙、遠く、うっとりと、山々の端のあたりに、紫がかった雲がたなびいている。

生まれて来なければよかった。

まだ、何もかも曖昧な土間で、後ろ手に荒縄で縛られて、転がされているものが、それを聞いた。生きているのか、死んでいるのか。何本もの棍棒で、一晩中、打ち据えられて、今は、うす目を開けているだけの人間のかたちをしたものだ。

僅かな戸の隙間から、眠たげに、土筆のようなものがそれを見ていた。

生まれて来なければよかった。他人の塀ばかりの日々を生きてきて、たとえば、ひとりの夜盗は知ることができる。自分のいのちより古い約束が、どんな村でも、かたくなな梁となって生きているのを。他人の屋敷にあるものは、結局、他人のものであることを。

そのために、憎悪と棍棒が、かぎりなく、犬のように泣くものを、打ち据えることのあることを。

生まれて来なければよかった。だが、うす目を開けているだけの死体になりかけてしまえば、もう何も関わりはない。自分が、本当は何だったか、何もかも曖昧なまま、土間に転がされて、息をしなくなってしまえば。他人の鶏だか、女だかについて、もうどんな弁明も要らないのだ。

生まれて来なければよかった。静かな春の曙、靄のようなものが大地を這って、再び来ることのない、千年の歴史の一日が、また始まる。

生まれて来なければよかった。遥かに、古い梅の樹のあるあたり、美しいものの咲くところから、鶯の鳴く音といっしょに、また聞こえた。

剃髪

つるつるに頭を剃ったおとこの、あたらしい生涯は、つるつるに頭を剃ることを、決めたおとこが、本当に、つるつるに頭を剃ってしまった日から、はじまる。

つまり、つるつるに頭を剃ることで、彼は、それ以前の己れの生涯を、さっぱりと、虚無にひとしいものとしたのだ。

つるつるに頭を剃ろうが剃るまいが、ひとりの人間の一つの生涯は、ひとりの人間の一つの生涯だ。

(つるつるに頭を剃ってみて、それが判った。)

だが、一度、つるつるに頭を剃ったからには、つるつるに頭を剃ったおとこの涙のようにあざやかな生涯を、つるつるに剃りつづけて生きねばならぬ。

つるつるに頭を剃ることの、それが、つまり、清潔な倫理と言うものだ。つまり、清潔な信仰と言うものだ。

たとえ、それらが、つるつるに頭を剃ることと関わりがあろうがなかろうが、一度、つるつるに頭を剃ったからには、断じて、それを全うして行かねばならぬ。

つるつるに頭を剃ったおとこが、たとえば、つるつるに己れの鏡をみがいて深まる、つるつるに頭を剃ることの苦悩と解放の日々。

つるつるに頭を剃ったおとこの見る、つるつるに頭を剃った山、つるつるに頭を剃った川。

一束の白紙、一挺の剃刀、つるつるに頭を剃ったおとこのあたらしい生涯は、そのまま、つるつるに己れを剃りつづけて、未曾有の納得となるまでつづいた。

一束の希望、一挺の思想、そのまま、つるつるに世界を剃りつづけて、つまり、つるつるに頭を剃ることの至福にいたるまで、つづいた。

(狂気にいたるまで、つづいた。)

落魄

花びらのようなものが、遠い平安に降る夕べ、古い倫りの絵巻の辻堂に、莚のようなものをかぶった、一人の乞食が、寝ているのを見た。

莚のようなものをかぶって、何年、そうしているのであろう。そこだけが、妙に、静かで、そのあたりに降る花びらだけが、妙に、妖しく、散る気配だったのだ。

この世の一切の証文と白刃に遠く、莚のようなものをかぶって、寝てしまえば、全てが、そのように、優しくなるものであろうか。

たとえ、紙に描かれただけの、朽ちかけた辻堂のことにせよ、暮れのこる縁の上の、その小さな足裏が、妙に、懐かしいものに見えたのだ。

月並みに瘡を病んで、坊主と女たちの喜ぶ、どんな歌のなかの橋を渡って、そこにたどり着けたか。どんな年貢と飢饉の町を追われ、どんな折檻で、足萎えとなって。

そのままで、世界は、妖しく、終りかけていて、ただ無数の花びらのようなものが、いまは、一枚の莚となった、遠い生涯に降っていたのだ。

(終りのあるものに、終りのあることを、知っているもののみ、真に、優しい。)

歳月のような川を隔てて、同じく、何かに繋がれている馬のようなものが、それを見て、秘かに、泣いているようであった。いや、笑っているようであった。

(終りのあるものに、終りのないことを、知っているもののみ、真に、優しい。)

その頭上の薄墨色の天に、そして、妙に、怨めしげな匕首の三日月があって、悲しげに訴えていたのだ。

優しいものは、全て、この世の偽りの絵巻のなかにしか無いと。そして、必ず、闇が来るまえに、雲に隠れて落魄するものだと。

悲歌

深く瞑目しているひとりの男は、もちろん、瞑目しているひとりの男にすぎないと言えるが、深く瞑目をつづけていると言う、確かなその血の事実によって、単に、瞑目をしているひとりの男ではない。

即ち、瞑目をつづけていると言う、確かなその事実によって、彼は、たとえば、水仙の花を飾った彼の部屋で、ひとり坐っている、その彼であるばかりでなく、瞑目しているその彼自身について、深く瞑目して考えている彼であり、更に、その両者について、瞑目して考えつづけている彼であると言える。

つまり、水仙の花を飾った彼の部屋で、深く瞑目しているひとりの彼は、同時に、水仙の花を飾った、多くの部屋で、深く瞑目している多くの彼なのである。

更に、その多くの彼が、水仙の花を飾った多くの部屋で、深く瞑目して考えつづける、無数の彼なのである。（その無数の彼が、深く瞑目して考えつづける、限りなく殖える、さらに、無数の瞑目する彼であるのだ。）

そして、あるいは、そのために、水仙の花を飾った彼の部屋で、深く瞑目しているひとりの彼は、いよいよ深く瞑目をつづけて、既に、その、どの瞑目する彼でも無くなった、彼であるのかも知れない。

もちろん、それらは、全て、瞭らかに血の虚妄と呼ぶべき事実である。そして、実は、それ故に、彼は、既に、世界に存在しない虚無の部屋で、深く瞑目している、実は、既に、世界に存在しない、彼自身であるのかも知れない。

即ち、深く瞑目しているひとりの男は、瞑目したまま、確かに、死んでいる。（深く瞑目をつづけることによって、それがわかる。）深く瞑目しているひとりの男は、瞑目したまま、静かに、死んでいる。

II

望郷

私が、故郷の村を、憶い出すことなど滅多にない。そこを離れてから、一度も帰ったことがないのだ。時々、思いがけぬとき、暗い夢に見ることがあるだけだ。

古い塗櫛に詳しい人なら、その島の名を知っているだろう。私の故郷は、雪深い離島の、それを作っている人人の小さな集落だ。ほかに何も無い、貧しい土地で、人人は、生涯を、櫛を作って過ごす。軒に氷柱の下がる小さな家々で、人々は、木を刻み、漆を塗って、厄介な、それでいて、報われぬ手仕事を続けるのである。

細かい螺鈿のその櫛は、何日もかけて、幾つも出来ないのだ。

私の父も母も、それをやっていた。朝早くから、夜晩くまで、休まず、仕事場に坐っていた。赤い手をして、ぼろを着ている、そのほかの姿を、私は知らない。夜は、雑炊の食事のあと、子供たちも、手伝わされた。

桶に浮く、黒い櫛をかこんで、村は、いつも夜だったような気がする。雪が降っていたような気がする。いつも、遠く荒れる海の音が聞こえた。

村人は、男も女も、誰彼となく早く死んだ。半盲となって虚ろに過ごす者も多かった。吹雪と深酒と打擲と、何故、人間には、そのように生きることがあるのであろう。私も、その一人になるはずであった。

十八歳のとき、私は、近くの年下の娘を知った。そして、縄小屋に、私の子を妊った彼女を置き去りにして、島を出た。それから、永い歳月を経た。だから、本当は、私の故郷の島などどこにも無い。あるとすれば、それは、櫛にまつわる古い節回しの唄のなかの、目鼻のない人々と一緒の、目鼻のない私のものである。

ずっと後に、私は、島の櫛が、今は無く、その価値を知る人々には、非常に貴重なものであることを知った。それは、彼らにも私にも、何の関わりもないことだ。

短い夏、遠目には、島の全てを埋めて、白い山桜の花が咲いた。その上に、黒い櫛の形の月が出ている。

それだけが、そこを出てからの歳月、決して、よく生きたと言えない私の、偽りの夢の全てなのである。

繋船

北の港湾都市の汚い運河に浮かんでいた、その小さな船を、もう、憶えている者はいないだろう。時代は過ぎ、街も人々も、全く、変わってしまったからである。

少年時代、独りの窓から、毎日、私はそれを眺めて過ごした。私は、生来、足が悪くて、外出できなかった。

母と二人だけの暮らしだった。

船は壊れかけた古い曳船で、動くことはなく、二人の男が、それに住んでいた。私は、彼らの生活を、遠くから見ていたのだ。

奇妙な生活だった。朝早く、二人は出て行き、昼には戻っていた。船の開いた窓から、そして、彼らのしていることが見えた。要するに、一人の男が、もう一人の男を、棒で激しく折檻するのだ。何故か、殴られて、歪んだ泣顔をしている男は、その口から、とめどなく、細い管のようなものを、吐き出していた。

惨めな光景だった。目を凝らすと、棒を振るっている男も、涙を拭っているのである。彼らの周囲には、おびただしい血に汚れた管の山ができていた。

それは何なのか、二人がどんな関係なのか、私には判らなかった。その後で、彼らは、それらを箱に入れて、持ち出すらしかった。そして、また、夜になると、運河の彼らの船には、暗い小さな灯が点っていたのだ。

夜毎、泥酔して酒場から帰る母を待つ、私の目に、それはいつまでも消えなかった。朝は、そして、彼らにも私にも、昨日と同じ一日をもたらしたのである。

——日々は早く過ぎる。殊に、心に血を流して生きる少年には。私は、いつかその街を去り、母を亡くし、あの曳船の二人のことも忘れた。

その後、私は、他人を欺して殺し、永く独房で生きている。年月を経て、しかし私は、唐突に、あの船の夢を見ることがある。血を流して、二人の男が、共に泣いていたあの古い曳船の夢を。私には、それが天国に昇る純金の船のように思える。

再び、はてしなく深く寒い闇を睡るのである。

植物記

今では、それを信じる人などあるまい。半世紀ほど以前に、ある地方の鉱山労働者たちだけが知っていたと言われる植物がある。ホンレイコダ草とか呼ばれたらしいが、別に、月明草とか月命草とかの名もあったらしい。

だが、ほとんど架空のもののようだ。それを知る人々の生涯に似て、何もかも、余りに不分明のまま過去に消えていったのである。

深夜の沼沢地でのみ、彼らはその群落を見ることができたのだと言う。それも、独り、全裸でいるときだったと言う。彼らの生活には、そのような時間があり得たのだろうか。何れにせよ、彼らは切実にそれを欲していたのだ。

ホンレイコダ草は、おそらく野生の鈴蘭の変種のようなものだったのだ。伝えられた限りでは、その形は、濃緑の葉に黒い縦縞のあるほかは、全く鈴蘭である。ただ全体が異様に巨きくて、常に、強い芳香を放つ壺のような花を吊していたと言うことが、変わっている。

雲の霽れ間の月の光に重く垂れている、その花の一つに近づいて、その甘美な香をかいだ者は、たちまち、深い昏睡に墜ちこんだと言う。

そして驚くことに、再び、夢のなかで、ホンレイコダ草に遭ったのだ。誰もが、固く唇を閉ざして語らないから、よく分からないが、彼は、今度は、人語を解するその一本と、深紅の血の空間を旅して、言い知れぬ交歓の一刻を過ごしたのだ。夜露に濡れて、それは、彼の知るどんな熱病より死と快楽をもたらすものだったのだ。

無人の浴室で倒れて、遂に、蘇らなかった若い坑夫もいたのである。

既に、その名の由来も知れぬ月命草の話を、労働だけに明けくれた者たちの貧しい疲労の幻覚だと、ばかにする人々が多い。忍従と苦痛しか知らずに生きた者たちの無知そのもののお笑い草だと。そうかも知れない。

だが、そのようにして、実に多くの優しいものを、私たちの歴史は、闇に葬ってきたのである。

幻術あるいは蒸発

今、直ちに、この場所から、煙のように、消え失せてしまうこと。どこか安楽な世界に、永遠に立ち去ってしまうこと。あとには、たとえば、汚れた一枚の下着しか残さないこと。

誰もが渇望して止まないことだろうが、何気なく、それができるようになるには、大変な修行が必要だ。

苦しく、それを願った、われわれのなかの実に多くの者が、何年も、そのために、不毛の日々を過ごして、空しい生涯を終えている。

深い袋のようなものに入って、そのまま、出て来なくなった者がいる。長く食事を絶って餓死した者、薬品や呪いに縋って白痴となった者、自ら自分の手足を切り落した者に至っては、狂ったとしか言いようがない。

大体、われわれの世界と身体は、このことのために作られていない。従って、それを超越しようとする者は、先ず、そのことから、自由でなければならない。その点で、彼らは、出発から、間違っている。

彼らは、烈しく、それを願うあまり、自分自身からでさえ自由でない。不純なのである。たとえば、その動機からして、厭世であったり、本当は、愛する女から青い別れの手紙を渡されたりしたことであったのである。

そのため、破れた天幕の舞台で、僅かな紙幣を取って、帽子や木箱を使って、その真似事を演じて見せる人々の、戦慄と技術さえ持たぬのである。

われわれの長い血の歴史を通じて、このことを、完全に成就されたのは、ただ一人、深夜の偉大なアカーキイ・アカーキビッチ氏のみである。

氏は、たしか軍港まで馬車を走らせた後、大量の鰊と火酒を抱えたまま、煙のように消えたと伝えられる。

謙虚な氏は、自らを卑しめて、雪解けの街に、わざわざ、この古靴下のような噂を残されたのであろう。同時代の、無数の氏の一人になってしまわれたのである。

燻製にしん

——シャルル・クロスに

ある日、ある男が何もない部屋に、梯子と巻糸を持って入って来て、床に落ちていた、燻製にしんを一匹、釘で、天井からぶら下げた。

その男にとっても、人々にとっても、遠い平和な日々のことだ。

何故、彼が、そんなことをしたのか、分からない。分かっているのは、それをしている彼が、しんから、楽しそうで、釘を打つ金槌の音が、この上なく、単純で、新鮮だったことだ。

その音で、あらためて、この部屋には、ほかに、沢山の幻の書物と椅子が見えることがわかったくらいに。

誰かの踏み潰した、古い帽子と歴史の日々が、その片隅で、ひしゃげているのが見えたくらいに。

愚かな世紀を逆さまにして、一匹の燻製にしんは、その上に、ふらふら、踊るように、ぶら下がった。それきりで、彼は、どこかへ姿を消した。

何でも、彼は、それから、何年も、酒浸りの日々を過ごしたあとで、ある寒い朝、汚い駅裏の水溜りで凍え死んでしまったと言う。

冷たいひとりの女を、一生、想いつづけて過ごすほど、生きるのが下手だった男だったから、できもしない永遠の宝石を製造することを夢みるやら、淫売を抱くやらで、自ら、滅んでいったのだ。

彼自身は気がつかなかったが、その日が、彼の生涯で、一番、楽しいことをした日だったかも知れない。

ところで、その燻製にしんは、その後、どうしたか。それは、それ以来、ずっと、そのままなのだ。彼がたち去ったときのまま、残酷な時代の多くの出来事をよそに、誰のでもない記憶の空間で、まだ、ふらふら、すこし、揺れているのだ。

あれから百二十年たっても、一匹の燻製にしんは、ただの一匹の燻製にしんで、遠いかすかな哄笑のなかで、より単純に、まだ、ふらふら、ぶら下がっているのだ。

古い絵

古い絵の記憶のなかの沖合には、暗い雲が垂れていて、突堤には、遠くからつぎつぎに、白い波の列が打ち寄せている。それを見ていると、突堤が動いていて、沖へ沖へ進んでいるように思える。

突堤の先端には、細い鉄柱が一本立っていて、小さな赤い三角旗が、その頂で翻っているのだ。

ひとりの女が、それを見ている。暗黒の街の高い屋上から、日傘をさして、じっと、それを見ている。もう何日も、何か月も、そうしているのだ。その小さな顔は、全く、動くことがないのだ。

——私は知っている。彼女が、さらに、いつまでも、そうしていることを。何年でも、何十年でも、そこにそうしていることを。私は知っている。彼女が、本当は、何も見ていないことを。その暗黒の街も、日傘も、彼女自身も、既に、消滅していて、もう、どんな世界にも存在していないことを。

巨きな閃光のその日、彼女の街の全ては焼け、瓦礫とともに、彼女の首は潰れた。彼女の手足はちぎれた。無名の洗濯婦の一生は、それで終った。

それが分かるのは、彼女が、遠い空襲の日に死んだ私の母だからである。同じく、私が、戦争の日、炎上する船とともに死んだ、多くの兵士の一人だからである。

古い絵のなかの細い三日月が、この全てが偽りである世紀の、暗黒の魂の街の屋上に出ている。そして、今日、そこから、日傘をさして、彼女が何かを見ている。かつて、暗い夏の日、独り、彼女がそうしていたように。

遥かな沖合には、暗い雲が垂れていて、突堤には、遠くから、つぎつぎに白い波の列が打ち寄せている。それを見ていると、突堤が動いていて、沖へ沖へ進んでいるように思える。

突堤の先端には、細い鉄柱が一本立っていて、その頂で、小さな赤い三角旗が、いつまでも、孤独に、翻っているのだ。

猿の日

私たちの「猿の日」は、二年に一度、やって来る。慣れて見れば、深く詮索するほどのことをする日ではない。ただ、永く、何代となく続いて来た行事があるのだ。

その日、私たちの娘という娘は、どの家でも、全裸になって、一日、そのための黒く塗られた袋に入って過ごす。どの家の娘も例外はないのだ。

その小さな闇のなかで、一切の物音をたてず、一日、出て来てはいけないのである。もちろん、そのことに反抗する初めての娘がいる。だが、泣き叫ぶ彼女も、手足を縛られ、やがて、袋に入ることになる。

それだけのことだ。ただ、彼女たちが、袋に入るときに、必ず、それぞれ、一輪ずつ水仙の花を持っているのを、誰かが見届けて、袋の口を結わえるのである。

何故、それが、水仙の花でなければならぬのか。何故、黒く塗られた袋でなければならないのか。何故、病気の娘まで、全裸にならねばならないのか。

多くの古い風習に似て、「猿の日」のことについては分からないことばかりだ。大体、猿の日が、どうして、猿の日なのか、何が猿なのか、知る者はいないのだ。

この日を、人々は、普通の日と、全く、変わりなく仕事をして過ごす。ただ、彼らはきわめて無口である。その日が、猿の日であることを、一切、口にしない。もっとも、他の日でも、誰もが、猿の日のことは、絶対に、言葉にしてはならないのである。

あるいは、それが、私たちの猿の日の、最も大事なことかも知れない。そのために、信じられぬほど、永い年月、それは、続けられて来たのかも知れない。

数えきれぬ娘たちを、小さな深い闇に閉じこめて。

——夕暮れになると、彼女たちは、袋から出され、今度は、美しく粧って、遠い湖に向かう。いかなる呪縛によるのか。その夜、湖のほとりでは、夜明けまで、沢山の灯が揺れて、泣くような男女の歓びの声が、そこかしこで聴かれるのである。

七月

たぶん、できないだろうが、もしできることなら、七月の海の見える丘のうえに、一本だけ立っている、よく繁った楡の木を探して貰いたい。それから、その木の下に、そっと一脚の椅子を置いて貰いたい。

それだけで、かまわないのだが、もしできることならば、優しい風の吹く木陰のその椅子に、ひとりの男を坐らせて貰いたい。

彼は嫌がって、なかなか来ないだろうが、連れて来さえすれば、かならず、そこに坐るから、本当は無理にでも、そうして欲しいのだ。そして、そのまま、そのことをすっかり忘れてしまってかまわないのだ。

そこはとてもしずかなところだ。椅子に坐って、その男はぼんやりしている。そうしていると、これまで自分の生きて来た日々、これから生きてゆく日々が、どういうものか、よくわかるような気がするのだ。

(人間のただ一度だけ生きる、自分の日々。)

そして、あるいは、その男というのは、私のことだから、彼は、やがて、唐突に立ち上がると、人形のように、その楡の木の枝に、自分を吊して、死のうとするにちがいない。

もちろん、自由に、それはそうさせるのだ。

このでたらめの世界で、しばらく、でたらめの巨きな振り子が、何度か振れて、その後、彼は、きっとまたぼんやり、その椅子に坐っている。

たぶん、何もかもあり得ないことだが、そして何もかもどうでもよいのだが、もしできることなら、その彼をそのまま、そっとしておいて、貰いたい。

その限りなく優しい束の間のひととき、遠くひっそりと、七月の沖をゆく、白い帆のようなものを、こどものように、彼がみているのを、黙って許してやって欲しいのだ。

死んだ男を生き返らせる方法

考えるのも、愚劣なことだが、死んだ男を生き返らせる方法を、ある日、ぼんやりと、考えている男がいたのだ。貧しく、暑い田舎町の、さらに、貧しく、暑い酒場でのことだ。

月並みと言えば、この上なく、月並みだが、もともと頭の良くない、その男は、独りで、酒を呑んでいるうち、自分が、本当に生きているのか、そうでないのか、妙に、気にかかって来て、俄かに、曖昧に、そんなことを考え始めたのだ。

たとえば、自分が、本当は、何ものだったか、何が欲しかったか、一度も分からず、他人のための南瓜ばかりを作って、一生を過ごしている男は、一日でも、生きていた日があるだろうか。

死んだ男は、目を瞑っており、死んだ男は、青い顔をしており、死んだ男は動くことがない。死んだ男は、そして誰なのだろうか。

何故か、妙に、落ち着かぬそのときの彼の考えでは、死んだ男は、貧しい田舎町の酒場で、水のような酒を前に、青い顔をしているように思えたのだ。

遠く、どろどろと、誰かの南瓜畑で、昼の雷が鳴っていて、あるいは、深く、死んでいる男は、いよいよ動かず、大袈裟に、目を瞑っていたのだ。

　この世の、どんなでたらめな蔓草の畑を這い回っても、死んだ男を生き返らせる方法など、見つかるわけがない。本当に、死んだ男は、死んでいるのだ。

　しかし、もともと頭が悪いうえに、永く、他人に使われて来て、銭のことしか知らぬ、その男には、どこかに、それが、幾つも、南瓜のように、転げているような気がしたのだ。

　薄ら笑いを浮かべて、彼を見ていた。酒場の若い女は、しかし、その一つを知っていたのかも知れない。

　やっと酔いがまわって、今度は、何かを喚めきはじめたその男から、すばやく、財布を取り上げると、手荒く外へ叩き出したからだ。

天路歴程

　今となっては、偽りに似た、深い夢のなかのできごとであったかと思える。

　しんしんと、雪の降るしずかな夜更け、眠れずに、ひとり、寝床に坐っていた男のかたわらに、そっと、一匹の白い豚が現われたことがある。

　生きることに似た貧しい旅の途中で、彼が、やっと探しあてた安宿の、煤けた寒い部屋のことだ。遠く、鉢巻をして酒を呑んでいる、貧しい世間たちの勝手な騒ぎが、いまさらのように、わびしく聞こえた。

　苦悩とは、彼の場合、もう何処にも行くところがなくて、この世から消えてしまいたいと思うことだ。そして、未来とは、自分に、その勇気も、銭もなく、うなだれて、汚れた枕を前に坐って、涙を流していることだ。

　気がつくと、しかし、この世の、どんな古襖のどの破れ目から現われたのか、一匹の大きな白い豚が、寄り添うように、彼のそばに坐って、さめざめと、彼とともに泣いていたのだ。何かのひどい臭いがしたが、つつましく声を忍んで、花模様の手巾を目にあてていた。

　暗がりの非常に長い時間のことであった。いや、ほんの一瞬のことだったかも知れない。枕絵のなかの雪洞のような、いかにも、いかがわしく曖昧なできごとだったが、腰湯のように、ふしぎに、淋しく、あたたかいものがあったのだ。

汚れた枕のしたに、空の財布を残して、夜が明けるまえに、男は、何処かに去ってしまったから、それが、本当は、どんなことであったか、誰も知らない。

生きていて、出会うことのある、怖ろしいほど、優しく、また、ばかばかしいできごとの、本当の意味を。

ただ、貧しく苦しい旅をつづける、彼によく似たひとりの男が、しとどに雪の降る寒村の駅に行き暮れて、慄えながら、ぼんやり、あの花模様の手巾のことを、思い出したりしていることがあったのだ。

五月

遥かに、突兀と、天に聳える山々の見える、五月の湖で、孤り、男は、舟に乗って、魚をとる。

その山々が、雲に巻かれて、不思議に高く、湖の水が、不思議に青いのは、男が、誰かの夢のなかから、舟を漕ぎ出して、そこに、やって来ているからだ。

舟は、盃ほどの小さな木の舟、しかし、その舳に立って、男は、大きな投網を投げる。そのたびに、光る針のような魚をとる。

男が笑って、それを桶に入れるたび、歳月は、百年、新しくなる。全ては、別に、変わらないのだが、どこかで、うっとりと燃えるものがあるのだ。

塗笠をかぶって、歯を見せて笑って、男は、また舳から網を投げる。あざやかに、網は天に広がって、飛沫を上げて水に沈んで、あたりを、死ぬほど静かにする。

百年また百年、水鳥が来て、少し、途絶えることはあるが、百年また百年、男は、舟に立ち蹈んで、深く、水に影を移して、また、光る銀の魚をとるのだ。

気がつくと、遥かに、突兀と、天に聳える山々の見える、青く広い湖には、遠く小さく、浮かぶ男の舟のほかは何も無くて、無数の青い三角の波が並ぶ。

見知らぬ峠の、ことさら、明るく、緑の芽の萌える樹林からは、この五月の青い湖に沿って、一斉に、桃の花を咲かせる、永遠の山里のあることもわかるのだ。

百年また百年、孤り、小さな木の舟で、男は、網を投げつづける。彼には、一つの夢があって、その夢の谷間の、深い純愛のその絲柳の家に、白い乳房の一人の女がいる。

百年また百年、そのさわやかな絲柳の家で、うっとりと優しく笑って、彼女も、また夢を見ている。赤い火と芳しく、豆の煮える匂いのその夢のなかなのだ。

遥かに、突兀と、天に聳える山々の見える、五月の湖で、孤り、男が、舟に乗って、何も知らず、光る針のような魚をとるのは。

老人頌

誰もが一度は感じたことがあるであろう。私たちが老人に対して抱く、ある畏怖の感情は、永い生涯のあいだに、彼が心身に蓄えた、はかりしれぬ力のためである。

いや、実際には、そうでないかも知れぬが、確かに、そう感じさせる何かを、暗く、彼がどこかに匿しているからである。

死にま近く生きる老人と、何日かをともに過ごすと、それが判る。私の場合、ある夜更け、その老人の寝室に一緒にいて、いつの間にか、彼の世界に引き込まれてしまったのだ。

全ての樹木がねじれて繁茂する、どことも知れぬしずかな森のなかだ。老人は隠れてしまった。

単純な計略だ。知らない場所では、誰でも先ず出口を探す。しかし、寂しく陽のさしこむ樹々のなかに、道はなく、何度歩きまわっても、同じところに出る。

麻痺するような静けさのなかで、疲労して、私は、何故、自分がここにいるのか、地面に腰を下ろして考えはじめた。

そのときだ。奇妙な声をあげて、いきなり高い樹の上から、老人が私のからだに飛び下りてきたのは。死力と言うものであろう。老人は、両脚で、私の首を挟んで、強く強く絞めつづけた。遠く、大きな河のようなものが見えた。そのまま、私は、意識を失い、彼とともに未知の世界に赴くことになったのだ。

——昔からのはなしによくある、この事実を信じない人がいるかも知れない。

だが、心の優しい人ならば感じるであろう。既に、言葉を忘れ、手足の自由を失った老人が、いつも彼の世界に自分を誘っているのを。

深い歓びとともに、そして、さらに感じるであろう。歯の抜けた口をあけ、宙をみつめている老人が、なお生き生きと、自分の世界を飛ぶ力を持っていることを。

絶叫

ある老人の深夜の行動について、書いておくことにする。ある老人とは、実は、高熱の夢のなかの私であったかも知れない。

夜半、ひとり眠りから醒めて、彼は廊下に出た。重症の患者のみ収容する、大きな病院の一室に、彼はいたのだ。

長く広い廊下はところどころ孤独な灯が点っていて、非常にしずかだ。乱れた寝巻きの老人は、少しよろめきながら、壁づたいに歩きはじめた。彼には判っていたのだ。この廊下のはずれに非常口のあることが。そこに自分を待っているもののいることが。

遠い日そうであったように、ぬかりなく、彼はそれに身構えて、歩いていったのだ。

深夜、自分ひとり知る目的のために、行動することは、老人でなくても、戦慄する。ながいこと自分を欺いてきたものを、今日こそ一挙に倒すことができる。彼は異様に興奮していた。

そのことが、しかし、蹉跌を招いたのだ。彼は少しいそぎすぎた。廊下の隅に置かれた小さな鉢植えに気づかず、唐突に足をとられて、老人は転倒した。

顔面を打ち、思わず、彼は絶叫した。この機会を逃がすわけにゆかない。立ち上がろうとしながら、懸命に、彼は怒号をつづけた。しかし空しかった。額から血を流して、彼は力尽き、駆けつけたひとびとに囲まれて、別の場所に運ばれていったのだ。

どんな生涯も錯誤を完全に免れることはできない。この老人の運命について、これ以上、私の知ることはない。私が知っているのは、ある不幸な寒暁に、一つの暗い非常口から見えた、満天に燦らめく星のことだけである。

伴侶

人間が、愛情を持って、いろいろな動物を飼うことがあるのは、別に、彼が退屈しているからではない。本当は彼自身にも判らない、深い理由のようなものがあるのだ。

殊更、珍しいことでないが、一匹の犬を飼っていたひとりの老人の例がある。独りぐらしの彼は、その犬をさまざまの呼び名で呼び、一日中、なにか話して過ごしていた。

そして、何年もそのように暮している間に、犬は、彼にとって、単に、犬であることを、超えてしまったらしい。

既に、汚れた食器と新聞紙の散乱する彼の部屋のどこにも、その灰色の生きものはいないにもかかわらず、老人は、何日も何週間も、その犬に彼の食事を分かち与え、話をして、日々を送っていたのである。

(犬は、彼の寝台のしたで腐敗していた。)

尿と汚物にまみれて、動けなくなっている老人を、近くの人々が発見したとき、なお、彼は混濁した意識のなかで、彼の伴侶にふるえる両手をさし伸ばしていたのである。

この事実を、ある孤独な生涯の終末にまつわる、悲しい事件と考えることは、卑しいことである。むしろ、避けがたく、そのような運命にありながら、彼らは、遂に他人の知り得ぬ能力によって、別の世界に移ることができたと考えるべきである。

その永遠の四月の島で、彼は王であり、犬は王妃であった。日も月も、彼らを祝福し、風も花々も、彼らのために薫ったのである。

セーデルマイヤーの世界

セーデルマイヤーの世界は、笑いの世界だ。少なくとも、セーデルマイヤー氏は、生前、そう言って、日々を過ごしていた。

生まれつき、足が悪くて、他の仕事ができなかったから、生涯を貧しく、靴の修理をして暮した。

毎日、彼の小さな仕事場に持ちこまれる、沢山の古靴を、叩いたり、縫ったりして、一足ずつ、ほとんど新しいものにして、棚のうえにのせた。

ときどき、そして彼は仕事をしながら、気味悪く笑うことがあった。友だちを一人も持たないセーデルマイヤー氏の、それが、多分、自分の世界を、笑いの世界と呼ぶ理由だったかも知れない。

夫の世界が、何故、笑いの世界なのか、永年、いつも聞かされながら、セーデルマイヤー夫人には、とうとう最後まで判らなかった。

しかし彼女は夫をとても愛していたから、未亡人になってからも、夫の誕生日には、かかさず彼の好きだった南瓜のパイを作った。

そして、夜毎、夫にひどく殴られて、絶えることのなかった、自分のからだの青あざのことを、泣きながら、ぼんやり思い出していた。

岬にて

その小さな窓からは、海が見えた。海のほか何も見えなかった。それだけで、じゅうぶんだったのだ。遠い病院のある街から、口紅をつけて、やって来た物語は、まだ、とても若かったから。

まだとても若くて、自分が病気であることを知らなかったから。

病気の物語は、部屋に入ると、寝台に坐って、りんごをひとつ食べた。それから、その小さな窓から、ながいこと海を見ていた。

清潔な白い濤が、生まれては、直ぐ、死んでいる、遠い沖を。帰るところのないものだけの知る、さびしい自由を。

出発が、ただ出発でしかなく、終末が、ただ終末でしかないものが、この世には、あるのだ。どんな学校の地図にもない岬に、虚無がわすれたものが。

あたりがすっかり暗くなって、もう何もかもわからなくなっても、物語は、なお海を見ていた。自分は、とっくに死んでしまって、そこには、狂った何かが、髪を垂らして立っているだけなのに、その小さな窓から、なお、一心に、遥かなものを見ていた。


（『悪霊』一九八九年思潮社刊）

詩集〈鏡と街〉から

苦痛にあえぐ男の肖像

どんな苦痛が彼を苛んでいるのか、彼の世界の中心に在る透明な青い部屋に、苦痛にあえぐ男は座っている。

おそらくは、それも彼の苦痛のためなのだ。そこに見えるのは、その彼と、彼の座っている金色の椅子だけなのである。

彼は、椅子に座って、苦痛に歪んだ表情を浮かべるほか、何もできないでいる。その姿勢のまま、縛られているように、動けないでいるのだ。

外見でしか判断できないのだが、彼が、そのように在ること、そのことが、彼の苦痛の根源であり、より深い苦痛に彼を陥れているように感じられる。

いずれにせよ、変容は、そして始まっている。

彼の着ている衣服は、そのままだが、彼の顔は充血して膨張し、手足は引きつれ捩じれている。金色の椅子のうえで、彼は、すでに、正確な輪郭を失って、目鼻のある肉塊のようなものに過ぎないのだ。

もう、直ぐ、炸裂が来るだろう。それがどんなものかは、彼にしか判らないが、彼は、四散して、彼では無い何かになるだろう。金色の椅子のうえで、なまぐさく、血に染まって、驚愕に価する何かになるだろう。

その徴候は、彼が、彼でありながら、全く、別の彼に見えることだ。つまり二重に見えることだ。

その彼は、彼の世界の中心に在る透明な青い部屋の一隅に、整った顔をして、人形のように座っている。

外見でしか判断できないのだが、たぶん、空笑と呼ぶべきものなのであろう。その冷たい顔に、彼自身にも、彼の苦痛にも関わりない、小さな笑みを浮かべている。

最初から、全てが偽りであったとしか、確かに、そうであったとしか見えないのである。

血だらけの虚無の雄鶏

そこにあり得べきでないのだが、その一羽の血だらけの雄鶏は、静かなその部屋の空間に、針金で吊られて、孤独に、ぶら下っている。

蹴爪のある黄色い肢の部分を縛られて、逆さに吊られているのだが、咽喉を深く抉られていて、鶏冠のついた首は、今にもちぎれ落ちるばかりだ。

他にも骨にまで届く傷があるのだ。それでも、ぐっしょりと、羽毛を血に濡らしながら、雄鶏は、片方の翼を上げて、未だ、少し動いている。

深い歓びを感じて、それを知る者だけが、現実のそれよりも、それを巨きく感じることができる。そして、それと、合体することができる。

静かなその部屋、ただ、独り、彼が座っていた椅子の上の空間で、即ち、彼は、その血だらけの雄鶏と一つのものとなっている。見える者には見えるだろう。小さな彼の顔や衣服や手足などが、逆さに吊られた、その血だらけの巨大な虚無の一部となっているのが。

或いは、何人かの人々が、彼の囲りにいたかも知れない。が、彼らは、椅子や卓子のあいだで、何かに酔う人形となっていて、何事にも気が付くことがないのだ。

何故、それが、自分にやって来たのか。彼自身にも、それは、答えられないだろう。突然、その血だらけの痺れる雄鶏が、そこに現われた理由は。

一切は、そのまま、進行して、もう誰にもどうすることもできない。その部屋の窓から、私たちの変わらぬ古い街並や木々や遥かな運河が見える。

何れにせよ、それは、全てが冷酷な私たちの時代のありふれた一日の一瞬のことなのである。

鏡と街

曇天の街の路地裏のことだ。一人の男が、仕事の手を休めて、小さな窓から外を見ていた。一人の男が、仕事の手を休めて、ぼんやり、外を見ていることは、よくあることだ。

塀に挟まれた、細長い空間があって、石畳の路が、遠くで、曲がっている。一人の老婆が、乳母車を押して、そこをやって来た。

それに乗っているのは、赤ん坊ではなくて成人した若い男だ。大きな男で、手足が、乳母車からはみ出している。何故か、二人共、厳粛とも言える真面目な顔をして、正面を見据えて、進んで来る。

二人は、男の窓の下を通るとき、彼らを見ている男に気づいた。そして、凍ったように深い憎悪の表情で、彼を見詰めた。しかし、そのまま、去っていった。

男は、また、仕事にもどった。彼が働いているのは、寒い厨房だ。彼の仕事は、鶏を料理することだ。棚の上に、沢山の死んだ鶏が吊られている。

彼は、その一羽を、手にすると、素早く、その首を切り落とした。床の上に、数え切れぬ鶏の首が散乱している。彼は、既に、二人のことを忘れている。

次々に、鶏の首を切り落としている。

あの奇妙な乳母車の二人は、それから、何処にいったのか。二人は、何者だったのか。それを知るには、誰もが、血の臭いのする憎悪の夢のなかで、目を開けたまま死んでいる、鶏の首になることが要るかも知れない。

その厨房の鏡にも、小さく、その曇天の街は映っている。そのどこかの病院で、永遠に笑っている、あの二人に会うには、誰もが、何度も生命を失わねばならない。

どんな街のことにせよ、全て、この世の謎と言う謎は、例えば、赤い鶏冠のある死が、生き生きと戦慄に満ちて、血を流している、その無慈悲な無名の世界で、人間が、解答を知るものであるからである。

長靴をはいた男の挨拶

その長靴をはいた男の挨拶は、荒涼とした砂漠のなかで、同じく、長靴をはいた男たちに向かって、唐突に、はじまった。

自分が長靴をはいて挨拶をするのは、これが初めてでないが、長靴をはいた男たちに向かって行なうのは、初めてである。

先ず、そのことからはじまって、自分が、何故、長靴をはいているか、自分たちが、何故、長靴をはいているか、長靴とは、何であるか、それをはいているとは、どう言うことであるか。静かに、つづいた。

さらに、自分の長靴は、本当に長靴であるか。自分たちの長靴は、本当に長靴であるか。自分たちは、本当に、それをはいているか。思いがけなく、真剣につづいた。

かりに、そうだとして、そうでない場合と、どこがちがうか、自分は、長靴をはいていると考えているだけでないか。その錯覚を生きているのでないか。その場合、その長靴と自分たちは、一体、何であるか。

長靴をはいた男の挨拶は、もはや、挨拶と言えなかったが、長靴をめぐり、長靴でないものをめぐり、幾度となく、絶句しながら、なお、つづいた。

あたりの長靴をはいた男たちが、一人ずつ減っているのに、幾度となく、混乱しながら、なお、つづいた。

長靴をはいた男の挨拶は、それが初めてでなかったらしいが、それが、最後だったかも知れない。

やがて、長靴をはいた男たちが一人も見えなくなり、彼自身もいなくなって、遠い怒号と悲鳴をはこぶ砂嵐のなかに、長靴のようなものが、一足残っているだけだったが、それは、未だ、つづいていた。

荒涼とした砂漠の砂嵐のなかで、さらに、長靴をめぐり、さらに、長靴でないものをめぐり、どこにも見えない長靴の怒りと悲しみだけになって、なお、つづいた。

皇帝

私たちの皇帝は、世襲によって決まる。したがって、皇帝となる者は、その出生のときから、皇帝たるべき運命の日々を生きねばならない。

三歳まで、蜂蜜と馬の血のみで養われた彼は、五歳から、外国語と格闘技の技術を学ぶ。七歳から、乗馬と時計の修理に明け暮れる。そして、十二歳を迎えた朝、両眼を抉られ、手足を切断されて、泥で作った小屋に閉じ込められる。

一切は、謎に満ちていて不明だが、即ち、その日から、彼は、皇帝として、私たちの泥の帝国に君臨するのだ。

それからは、毎日が、殺戮に次ぐ殺戮の日々だ。

何によって、誰が殺戮されているのか、判らなくなるほどの殺戮の日々だ。

要するに、彼の統治は、その奇怪な泥の夢の都市で、全ての人間を死体とすることに尽きるのだ。死体は、死体を殺戮することによって生きる。そのことによって、私たちの架空の国家は維持されてきたのである。

結果として、それが、私たちの至福の日々を約束する。どの町も村も、贋の黄金で作られ、私たちは、誰も彼もが、互いに、みだらに性交し合って、次の皇帝となる者を生み出すことに専念する。

そうは見えなくても、全ての行為が、そのことの変形なのだ。深く止み難い血の理由によって、つまり、ここでは、私たちの誰もが皇帝なのだ。他ならぬ自分がその皇帝なのだ。

碧い海の深さの日々、したがって、あらゆる言葉は凶器で、どこかで、紙幣と灯心草の現実を支える。何一つ不可能なことはないのだ。

愚かな子供と、賭博に身を持ち崩した男の、千年の眠りのなかで、私たちの皇帝は、不滅である。その深夜の青空に、いかがわしく、幼稚な吊鐘と女陰の旗を翻して、私たちの帝国は、永遠に不滅である。

英雄

——ピーター・ソウル「貧困」から

どこか見知らぬ丘の上で、頸に縄を巻かれて、一本の枯木の枝に吊されて、その男は、笑っていた。どうやら、両足は、やっと地面に届いている。

本当は、苦しいのだろう。全身が、緑色に染まって、飴のように、捩じれている。それでも、彼は、一方の手に新しい旅行鞄を抱え、もう一方の手に花束を持って、懐かしい友人を訪ねる足取りで、笑いかけている。

いや、ちがう。そう見えるが、実際には、抱えているのは、糞尿銀行の名入りの貯金箱で、これから、玩具の大きな銅貨を握って、そこへ行くところなのだ。

だから、その笑顔の両目から、眼球は、膿となって流れ出し、垂らした長い舌は、赤い斑点だらけだ。

つまり、この古い黄色い漫画の世界で、生きながら死んでいる、私たちの誰かひとりだったのだ。

それでも、彼は、不思議に快活で、買ったばかりの古着を着て、どこかの地獄の丘の枯木の技に吊されたまま、もう、どんな苦痛も感じない明るい笑顔で、踊るように、巨きすぎる希望の革靴を持ち上げている。

しかも、そのかたわらに、彼自身が立てたらしい奇妙な文字の立て札がある。

『現代は優しい時代ではない。なにか幸福なことを確信できるものにすることは大変むずかしい。しかし、私は、情にもろい。私は、人間存在が、本当に、健在であることを示したい。』*

もちろん、こんな変な男に会えるのは、遠い愚かな夢のなかでだけだ。それも、糞尿の時代の糞尿の都市で、糞尿の紙幣のために、一生働いて、糞尿病院の病室で、大勢の人々と一緒に見る夢のなかでだけだ。

ああ、兄弟よ。頸に縄を巻かれて吊されたまま、笑っている、再び、会うことのできぬ優しい魂よ。そのままで、糞尿の世界を、本物の楽園に変えている、優しい腫物よ。

＊ピーター・ソウル（画家）一九三四年生。『』内は彼の言葉。

東野芳明訳

血の帽子屋

おそらく、それは、暗い血の都会で、一日、労働した者が、幾つもの陸橋を渡って帰宅する途中で、思いがけなく、見てしまうものなのだ。

淋しい路地裏のようなところで、ひとりの肥満した中年の男が、寝巻きのまま、犬のように、四つん這いにさせられている。

まわりに何人かの人間が立っているようだが、よく見えない。仄暗い小さな街灯の光で、判るのは、その四つん這いの男が、無理に、その口に、太い棒のようなものを、押し込まれていると言うことだ。

膝まづいた姿勢のまま、顔を上向きにさせられて、何かを呑まされていると言うことだ。

彼の口は、はり裂けそうだが、彼は、それを呑まなければならないらしい。苦しげに、顔を充血させている。

仄暗い街灯の光で、その彼だけが見える。

生白い彼の咽喉の筋肉や弛んだ尻の肉の動くのが、見えて、それは、へんに、猥褻で悲しい光景だ。

しかし、始まりも終りもなく、それは、いつまでも続いている。激しく抵抗して、彼は、それを止めるべきなのに。暴力に訴えてでも、そこを立ち去るべきなのに。

彼は、どうやら、悦んで、それをしている気配だ。その表情は、恍惚と何かに陶酔している者のそれなのだ。

それは、何なのだろう。悪夢なのか。それは、どこで、彼は、一体、何者なのか。何故、そんなことが、あり得るのか。誰もそれを説明できない。

しかし、例えば、今日、住み慣れた自分の街を歩いていて、私たちは、突然、帽子屋の主人である彼に会う。

彼は、正装して、にこにことトマトのような顔をして、笑って、客に帽子を売っているところだ。

その瞬間、一切が直ぐ判るだろう。この暗い血の紙幣の街で、苦労をして生きている人間ならば。

その彼は、若し、自分でなければ、間違いなく、自分の肉親の一人なのである。

罪と罰

世紀末の曇天の日々から、三十五人の人間を選んで、一夜で、抹殺することにする。三十五人の人間が、何故、三十五人であるのか、その性別、年齢、職業は何であるか、一切、問題にしない。

要するに、彼らが、三十五人であれば良いのだ。できれば、その彼らを抹殺するに足る、三十五の花束の理由があれば、さらに都合が良い。

安んじて、彼らを抹殺すべく、放火、強盗、殺人、淫行、とりあえず、三十五の罪名を探しておく。

三十五人の人間を、一夜で抹殺するのは、簡単だ。三十五人の人間の三十五の死体を、一緒に、あるいは、ばらばらに、どこかの空き地に埋めてしまうだけだ。

そのことに至る細かい経緯は、一切、考慮しない。

乱暴で、軽薄で冷酷なことだが、大体、三十五人の人間を、一夜で、抹殺すること自体、軽薄で冷酷なことなのだ。そのことが可能なでたらめな今日なのだ。

三十五人の三十五の青空、三十五人の三十五の笑顔、三十五人の人間の三十五の運命を、そのでたらめな虚無に葬るのだ。三十五の孤独な頭蓋骨が、一緒に、あるいは、ばらばらに、腐敗するにまかせるのだ。

最後に、そして、そのようなことを実行した罰として、一人の男を抹殺する。たとえ、実行しなかったにせよ、一度でも、そんな妄想を頭に思い描く男は、抹殺に価するのだ。

何からそれを思いついたにせよ、彼の生きていた、古い紙幣と古い新聞紙のなかの古い運河と古い街灯の街もろとも、彼に関わる一切を、完全に抹殺するのだ。

三十五人の幽霊が、その後、一緒に、あるいは、ばらばらに、各地に出没するが、彼の幽霊だけは、出現させない。絶対にそうさせない。

彼は、彼の冷酷な地獄の街で、永遠に、生きることも死ぬこともなく、花屋をして暮させる。何かに怯えながら、薔薇や水仙の花束を売る日々を過ごさせる。

白鳥

どんな灰色の都市の生活が、彼に、それをもたらしたのか。どんな灰色の紙幣の秘密が、そこにあるのか。

静かな四月の春の日、十二階の彼の小さな部屋で、一人の男が、まるはだかのおかしな格好で、一羽の大きな白鳥のような鳥の頸を絞めながら、笑っている。

そんなことがあり得るだろうか。誰よりも、彼自身がそのことのばかばかしさを感じているのだろう。

彼の部屋の中央の寝台の上で、彼は、彼よりも大きなその鳥と抱き合うようにして笑っている。その両手は、だが、しっかりと、その細い頸を絞めているのだ。

しかし、その白鳥もまた、その鳥の顔で笑っているように見えるから、あるいは、それはむごい殺戮の行為ではなく、愛の行為なのかも知れない。白鳥のような鳥は人間の女であるのかも知れない。

何れにせよ、それは、どこかで、ひどく淫らでいかがわしい。その証拠に、彼らは、そのままの姿勢で、曖昧なものに変わりかけている。どこかに、激しい血の悦びか苦痛があって、彼らはそれに溶けかけているのだ。

乱れた寝台の上で、彼らは、既に、彼の腕や白鳥の尻を含む、不明な肉のかたまりになりかけている。

静かな四月の春の日、十二階の彼の小さな部屋で、いつまで、彼らは、そのままの状態にあるのか。

そこからは、その彼の生きている街が見える。乱立する沢山の建物の窓が見える。そのどの部屋でも、彼に似た男が、彼と同じ虚無に浸っているように思える。

今日は、彼らのどんな魂の休日なのか。

十二階の彼の灰色の部屋からは、さらに、遠くに、箒のような木々の生えている天国の緑の丘が見える。

その古い青空に、そして、それら一切の謎の答のように、今日の赤い飛行船が浮かんでいるのだ。

夢の女

既に、誰も記憶していない、古い絵暦のなかの懐かしい魂の街、石の橋を渡ると、入り組んだ路地に、小窓の多い家々が並ぶ。

そのどこかの長椅子のある狭い緑色の部屋に、その虫のように、手足の長い女は、一人でいる。

まだ稚いと言って良いほど若いのだが、その長い手足は、普通の女の、優に、数倍はあるだろう。

真白い肉体の全裸のすがたで、長椅子の上に乗っているのだが、その豊満な円い乳房や締まった腰など、強く怖ろしい力を秘めているように見える。

その顔だけが、小さく美しいのだ。長い両手をまげて、桃のようなものを捧げ持ち、にっこりと笑っている。

同じく、長い両足を高く挙げて、それを囲むようにしているので、まるで巨きな丸い虹のようだ。

そうしていることが、だが、彼女には、堪まらなく愉しいらしい。うっとりと赤い唇で笑って、いつまでも、その姿態をつづけている。

たぶん、誰にとっても、それは、深い官能の悦びだ。その長い手足で、幾重にも、小さな顔と甘美なものを巻くようにしている、彼女を見るのは。

それが、初めてであっても、遠い遠い過去の日、その彼女と過ごした、妖しい永遠の瑪瑙の夜を、即座に、思い出すのだ。

そのことから分かるだろう。彼女が生きていたのは、この殺戮の世紀、ある強制収容所で、貧しく衰弱して死んだ、老いた両替商の狂った夢のなかである。

その最後の日、彼だけが、蝙蝠のように、遥かな算盤と聖餅の街の天を飛んで、優しく、彼女と会うことができたのだ。

詩と夜警

暗黒の世界の共和国を支配する、六〇六精神銀行の巨大な地下の大金庫のまえで、彼女は、孤独に、深夜の警備の任務に就いている。

秘密の機構の凍てつくような静寂のなかで、油断なく、全てを、正面から見据えて、完全武装の不動の姿勢を崩さないのだ。

地上の愚劣な日常に関係なく、灰色の防毒の覆面をして、弾薬の帯を斜めに負い、鋼鉄の防弾服で身を固めて重い自動小銃を構えている。

だが、それゆえに、彼女は、鋭く、官能の魅惑に充ちる。赤外線の妖しい秩序の空間では、真白いその肉体の大きな乳房と緊った腰と小さな性器、火の輪郭で、より鮮やかに、それらが見えるからだ。

しかし、それは、どんな時代の巫女も持たなかった、恍惚の能力を秘めている。どんな暴力にも対応できるよう十分に訓練されて、瞬時に外敵に反応する、太古からの生命の技術を蘇らせているのだ。

彼女の信じる青い紙幣の空間で、彼女に察知された不審な者は、直ちに、一頭の馬に変えられて殺戮される。桃色の何かを露出して、死体になる。

六〇六精神銀行の秘密の通路では、侵入したどんな男も、馬乗りの彼女の両腿の下で、歓喜と死の叫びをあげて息絶えるだろう。痙攣しながら永遠へ旅立つだろう。

その彼女を知ることができるのは、若い麻薬中毒者の幼稚な、いかれた夢のなかでだけだ。

青い不能の紙幣を積んで、六〇六精神銀行の現金輸送車が通る、暗黒の世紀の陸橋の街で、だめになった頭で考える、昨日の新聞の漫画の真実だ。

六〇六精神銀行の巨大な地下の大金庫のまえで、銃を構えたまま、両股を高く上げ、二つに裂けて、彼女は、狂った詩と真白い一輪の百合の花になった。

半ば潰れて消えかけた顔の男

そこが、長い柄の刷子と洗面器と便器のほかは何もない、小さい部屋であったからであろうか。

その半ば潰れて、消えかけた顔の男は、きわめて、奇妙な状態にある。

その部屋の中央で、おそらくは、彼だけに見えた、壊れた自転車のようなものを、とび越そうとして、高く、跳躍したものの、そのまま、空中に、静止してしまっているのだ。

何者とも分からないが、黒靴を履き、痩せた肉体をきちんとした服装で包んだ、初老の男だ。長く、真摯に、一つの仕事を続けて来たと言った感じの男だ。

意外に、俊敏に、両手を広げ、両膝を折って、跳び上がった姿勢のまま、彼は、そこに留まっている。

それをしたことの誤謬に、彼は、すぐ気がついたにちがいない。しかし、もう、どうしようもなかった。

そのまま、衣服ぐるみ幻影となりはじめている、顔の辺りから、消えかけている。

取るに足らぬ瑣末な行為が、一人の人間を、恐ろしい虚無の世界に追い込むことがある。彼に見えた、湾曲した鋼鉄のパイプとゴムの破片のようなものは、本当は、何だったのであろう。

その泣顔とも笑顔とも見える顔は、輪郭を失って、判然としないが、血塗れのようだ。

おそらく、彼の肉体の全てが、巨大な力に害われ、血の襤褸となって、そこに浮いているのだ。

憶測だが、何時間か何日か後には、この部屋とともに、彼は、消滅しているだろう。彼の生涯など、誰も記憶していないだろう。

一切を、時代のせいにするわけにはゆかない。

兎に角、それは、長い柄の刷子と洗面器と便器のほかは何もない、私たちの時代の小さな部屋で、実際に起こったことなのである。

部屋のなかの馬

どんな理由からか、遠い曇天の街の、その小さな歪んだ部屋に、鉤のようなもので逆さに吊られて、その馬は生きている。

部屋が狭すぎるのか、その馬が大きすぎるのか、部屋の空間は、だぶだぶの灰色の革袋のような、彼の肉体でいっぱいだ。戸棚や椅子は、その下で縮んでいる。

南瓜のように長い顔と恐怖の色を浮かべた瞳、肋骨のありどころのわかる、膨れたしかし萎びた胴体、そして四つの重い蹄をぶらさげた、四本の脚。

その馬は、他のどんな馬も知らない新鮮な苦痛に、鼻孔を広げ、歯を剝き出しにして喘いでいる。

その部屋のなかの馬のことを考えているのは、そのとなりの部屋にいる、一人の男だ。

何もない部屋の椅子に、彼は、ひとり、神妙に座っている。ただ、その顔は、全て、繃帯で巻かれていて、両目のかわりに、深い二つの穴があいているだけだ。

どこかで、さまざまな間違いが、何度も重なると、このようなことが起こるのであろう。

例えば、その馬の内臓のなかの曇天の街で、一人の男が、紙幣を数えるだけの日々を生きて、病気になると。あるいは、ある日、凶器とその凶器に似た夜を過ごして、行方不明になると。

その男の顔の繃帯を剝ぎ取ると、そこに現われるのは、二つの小さな部屋、苦痛に喘ぐ馬と他ならぬその彼のいる、嘘のように小さな二つの模造の部屋なのだ。

（だが、それだけで、この事実を、ある不幸な世紀のある不幸な事実と呼ぶことは、できないだろう。そのためには、何かが不足している。）

それは何なのか。この事実は何を意味するのか。それを考えることが、この時代を生きて、少なくとも一度は死んだことのある者の、狂った魂の義務である。狂った魂の権利である。

跛行
―― Dr. R. H

全て、跛行するものが、跛行するのは、彼にとって、それ以外の歩行は、あり得ないからである。

無慈悲な春の一日、無人の街の広場で、唐突に、跛行するものの跛行は、はじまる。

何故、この世に跛行するものが存在するのか。何故、跛行するものは、跛行しなければならないか。

一切の問いは無用だ。跛行するものにとって、意味があるのは、この場合、彼が跛行することであり、青空に浮かぶ石膏の雲の、どんな悪意も関わりはないのだ。

息を詰めて、それを見守るものが、その街のどんな店で、どんな剃刀を手にしている男であろうと、跛行するものは、跛行するのだ。

無慈悲な春の一日、それが、この世に在るはずのない架空の街のことで、そこが、白い卵の顔をした男ばかりいる理髪店のことだったとしても。

そして、跛行するものがまた、その理髪店の幾つもの大小の鏡のなかで、同じく、一斉に、跛行をはじめているものだったとしても。

全ての人間が、無意味に、固い卵の顔をして生きている日々、一つの小さな偶然から生まれて、何一つ、この世に、架空のことなど無いのだから。

狂気と亀裂の時代、たとえ、次の瞬間、何ものかに、深く切断されて、全世界が、真っ赤な血で染められるとしても、跛行するものは、跛行するのだ。

例えば、一脚の椅子が、左右に揺れる、無人の街の広場を、そのようにして、跛行することがある。

即ち、全ては、あまりにも単純に明白だ。跛行するものが、跛行するのは、彼にとって、それ以外の歩行が、あり得ないからである。

供物

多分、どこかに、深く、終末を迎えているものがあるから、そのようなことがあり得るのであろう。

静かな七月の鋼鉄の都市の深夜、全てが、沈んだ血の色に見える、その寝室の卓子の上に、鉄かぶとと頭蓋骨が置かれている。

一方は白く、一方は、暗緑色で、何かの記号が記されているが、どちらも、よく磨かれていて、てらてらと、鈍く、光っているのだ。胡散くさく、狡猾に、人体の丸みを持つもの。

俗悪な、いかにもありそうな組み合わせだが、そこに、その二つがあることに就いては、さまざまのことが考えられる。

遠く、非常に性悪な哄笑など聞こえて、例えば、それは、気がつくと、私たちの全ての都市の寝室に、必ず、何ものかへの供物として、置かれている。

時代の飢餓と破壊を暗示して、それは、どんな紙幣の裏面にも、秘かに大きく印刷されている。だから、いつもそのように新しいのだ、などと。

勿論、それは、ある狂熱、その七月の街区の盲窓の一室に、監禁されている者が、眠れぬまま、激しく渇いて見る幻影なのだ。彼自身が、巨大な一輪の百合の花となって。

鉄かぶとと頭蓋骨は、しかし、それらに何の関係もなく、そこにある。全くの偶然のように、その寝室の卓子の上に、てらてらと、鈍く、光っているのだ。

静かな七月の鋼鉄の都市の深夜、人間の歴史のどんな虚無への供物も、骨牌の組み合わせも、同じだ。

その傍らの寝台では、あえぐような激しい息づかいとともに、全裸の男女が愛し合っている。暗い空間に、高く、白い脚があげられたりしているのだ。

わっ

わっと叫びたい男がいて、彼の現実は急変していた。と言っても、深夜のせまい厨房のなかのことだ。

壁も、戸棚も、食器も、赤紫色に変色し、一斉に、膨張して、回転しはじめていた。

何故、わっと叫びたいか、彼に、それが言えるくらいなら、そのようなことにならないのだ。

厨台のうえで、茹で上がっている、何かの肝臓と彼の生活は、もっと、別のものになったはずだ。

床に落ちて流れ出している。彼の精神も、卵の黄身も、ちがった形状をしていたはずだ。

何もかも忘れて、わっと叫びたい彼をかこんで、厨房の全ては、悪意に満ちて、充血し、腫れ上がって、ぐるぐると回転する。その眩暈のなかで、包丁や鉛管は、くねくねと曲がって光る。

彼自身も同じだ。この高熱の現実から、裏返しにされ、圧縮されて、赤紫色に充血した、顔だけの人間になっている。その顔だけの彼が、回転しながら、異常に、巨大になっている。

今、すぐ、絶対に、ここに、必要なものがある。今、すぐ、全てを一度に新しくする、孤独な冷蔵庫と革命が。

だが、わっと叫びたくて、収縮する顔だけになった彼には、それは、もう、できない相談だ。

どこにも存在しない、歪んだ目鼻のあるだけの物体になって、彼は、さらに、膨張している。

憎悪と衝動と、ぐるぐると回転する宇宙の厨房で、さらに、それよりも巨きくなる気配だ。

やがて、破裂しなければならない勢いだ。


わっ。

こんにゃくと夜

遠く、野をわたる木枯しの叫びの聞こえる、その夜、こんにゃくと言うものについて考えていた男が、どんな男であったか、それは、どうでもいい。

その夜、こんにゃくについて考えていた男に関して、確かなのは、その夜、彼がこんにゃくについて考えていたと言う、そのことだけだったからだ。

破れた障子や土瓶のようなものまで、おしだまって、遠い木枯しの叫びを聞いている、まことに、こんにゃくについて考えるのにふさわしい夜であった。

已れの生涯のような茅屋に、独り、あぐらをかいて坐って、その男は、こんにゃくについて考えたのだ。

こんにゃくについて考えることには、さまざまのことがあるが、誰がどのようにそれを考えようと自由だ。

何故、こんにゃくのようなものがこの世にあるのか。

何故、人間は、それを食うことができるのか。

とめどなく、こんにゃくについて考えたあげく、彼は、例えば、十字の木の柱に釘で打ちつけたそれが、どんな痛ましい意味を持ち得るか、どんな忌まわしい未来を持ち得るか、そんな怪しげなことまで、思い浮かべていたのだ。

怪しいと言えば、この世の遠い木枯しのなかで、どんなこんにゃくより、人間は怪しいこんにゃくだ。

つまり、こんにゃくについて考えることは、この世の全ゆるこんにゃく以外のものについて考えることだ。

つまり、途方もなく長い年月、幾たびも、こんにゃくのようなものを泣かせて来た、人間の全ゆる悲しさについて考えることだ。

とめどなく、こんにゃくについて考えつづけて、その男は、最後は、そんな訳の分からない巨きな桶に沈んで、眠っていたのだ。

それにしても、寒空のひどく小さな三日月の下の茅屋に、その後、彼の待ちかねていた女がやって来たとき、ぎゃあと叫んで、その男が腰を抜かしたのは、女が、どんなこんにゃくだったからか。

らっきょうと昼

一生、いじけると言うことを知らず、生きることのできる男もいるが、毎日、青い顔をして、いじけて暮している男もいる。

ある日、この上なくいじけたひとりの男が、らっきょうを食っていたのだ。

らっきょうのほか何もない、いかにもいじけた男にふさわしい、てのひらほどの、この世の小さな日溜りのことであった。

同じく、ひねこびたらっきょうを幾つぶか、膝の前に並べ、一つずつ口に入れて、彼は目をつぶっていた。

らっきょうしかなければ、そのらっきょうを食って生きているしかない。しきりに、涕水のようなものが流れてしかたがなかったが、いじけた男は、さらに、いじけてそのまま、らっきょうを食っていたのだ。

だが、ふと、気がつくと、ほかならぬそのいじけた自分のとなりに、自分そっくりの、ひねこびていじけた男が、青い顔をして、らっきょうを食っている。

涙と涕水でぼやけて、らっきょうしか見えない世界のことで、だから、何だと言うこともないのだが、いじけるしかない生涯をいじけるだけいじけて生きていると、自分ひとりだけの小さな日溜りでも、そのように、ひとを馬鹿にしたできごとが、起こり得る。

何ものかが、さらにいじけて、いじけた男は、さらに、身をすぼめて、らっきょうを口にしていたのだ。

それだけのことだ。だから、何だと言うこともないのだが、ときどき、いじけたそよかぜの吹く、てのひらほどのこの世の日溜りのあたりからは、その後、一度だけ、どんな幽霊のものか、長い長い溜息が、聞こえた。

だが、その後は、ずっと静かで、あるいは初めからそうだったのか、独り、ひねこびたらっきょうのようなものが、いじけたまま、腕枕をして眠っていたのだ。

死んだ餅屋

こんばんわ。へい、こんばんわ。誰かの夢のなかに、愚かな雪の降りしきる古い夜、賑やかな花町の裏の細い路地の、私は、死んだ餅屋です。

赤い提灯を吊して、ときどき来る客を待って、沢山の餅を台の上に並べて売っております。餅は三つ十六文、ありふれた安物の粟の餅です。

十二の年に、近くの村を出て来てから、ずっとこの商売についております。貧しい湿田の村で、父親は百姓でした。茄子と水ばかりを口に入れて育ちました。

十年ほど、粟を搗いて、蒸したり、練ったりして、花や鳥のかたちの餅に固めて売る、その仕事を、疝気持ちの親方に殴られながら、習いました。

気まぐれな女の小指のような小さな商売です。簪屋でも刀屋でも良かったのですが、巡り合わせで、餅屋になりました。出戻りの親方の娘と一緒になりました。

大きな幻の算盤の時代、どんな暮しにも、再び繰り返せない呪いが、その暮しの歌と財布と涙があります。

この裏町のあたりで、餅を買ってくれるのは、花町の青い顔をした女と、そこに通う男ばかりです。

直ぐ、暗闇の何処かに消える哀れな連中です。餅を買ってから、彼らがどうするか、どんな花模様の蒲団に寝るか、私の知らないことばかりです。

こんばんわ。へい、こんばんわ。火事と着物と病気の年月、私は、ただ餅を拵えて、買って貰うだけです。そのわずかな儲けで、暮しております。

餅は三つ十六文、朝顔を咲かせることと女房と寝ることだけが、私の楽しみです。子供が七人おります。

こんばんわ。へい、こんばんわ。誰かの夢のなかに、愚かな雪の降りしきる古い夜、私は、死んだ餅屋です。何かに殺されてから、百五十年ほど経ちます。

火事とお辞儀と線香の年月、それぞれの提灯を吊して、この町の店は、みんな餅屋です。前掛けをして、大勢の私が、ここでは、永遠に、餅屋をしております。

幻花

白い一輪の蘭の花を持った男が、墜落している。黒靴を履き、正装して、一輪の蘭の花を持った男が、淋しい夜明けの街の血の色の空間を、墜落している。

それは何なのか。何故、彼は、誰もいない彼の街の空間を、墜落しているのか。何故、その手袋の手に、抱くように、白い一輪の蘭の花を持っているのか。

そんな疑問に関わりなく、青ざめて、目を瞑った彼は、直立した姿勢のまま、横になったり、斜めになったりしながら、まわりの高い建物の無数の窓に見守られて、終りのない空間を、墜落している。

この墜落のはてに何があるのか。彼は知っているのかも知れない。そして、そうしていることが、彼の歓びであるのかも知れない。

おそらく、そのために、彼は、白い一輪の蘭の花を持っているのであり、そのために、よく見ると、その青ざめた顔に、冷たい微笑を浮かべているのだ。

そんな憶測に関わりなく、その白い一輪の蘭の花を持った男は、夜明けの夢の街の空間を、墜落している。ただ独り、偽りの婚礼の日の正装をして、墜落している。

彼にとって、そのほかに、どんな在り方もあり得ないのだ。怖ろしい速度で、終りのない、見知らぬその血の色の空間を、墜落していることのほかは。

彼の服の釦が小さく光る。どんな時代であろうと、悪い恋をしている男ならば、そのことの永遠の意味が、直ぐ分かるだろう。その彼が、自分であることが。

白い一輪の蘭の花を持った男が、墜落している。遠く、小さく、白い一輪の蘭の花を持った男が、墜落している。

全てを明断に知りながら、何かに身を任せるしかない彼が、発散しているのは、やるせなく激しい快楽の匂いだ。生きることが、滅びることである男の匂いだ。

昆虫記

――「虫類図譜」の詩人に悪しく倣って

深い静かな夜、一匹の灰色の魚の腹を、内側から食い破って、そいつは、顔を出した。きょろきょろと、まわりを見回してから、背中の翅を鈍く光らせて、そそくさと、どこかへ姿を消した。

顔だけは、未だ、人間の顔をしているが、からだは、もう、すっかり、虫になってしまった奴だ。膨れた白い胴のわりには、意外に、俊敏な動きだった。

どんな地獄の日々を生きて、そうなったのか。奴にとって、世界は、どんな意味を持っているのか。

とにかく、奴にとって、全て、事物は、巨大で、そのために、食えるものなら、何でも食って、生きていられるようになっているのだ。

犯せるものなら、何でも、抜け目なく、その場で犯せるようになっているのだ。犯されるものの、切ない痛みなど、全く、感じることが無くなっているのだ。

そうなってしまったからには、そいつの勝ちで、歴史は、永遠に、そいつのものだ。何があっても、そいつには、自分が死ぬことなどあり得ないからだ。

自分が、生き延びるためだけの快楽の闇のなかで、そいつは、生きている。貪欲の同類を殖やしている。

たまたま、何かのはずみで、一枚の皿の上の灰色の魚の腹から出て来た、その一匹の本当のすがたを見たが、こんなことは、滅多にないのだ。

おそらく、これも、そいつの仕組んだ罠で、そいつは、実は、どこかで、巨大な昆虫の顔をして、その肢の爪で、新しい何かを押えつけているに違いない。

真鍮の葉の垂れる、時代の深い闇のなかから、そいつに襲われて食われる、人間の少女の、かなしい絶叫が、遠く、聞こえた。

へちまと天国

一本の大きな青いへちまがぶらさがっていて、どこからか、そこには、涼しいそよかぜが吹いていた。

一本の大きな青いへちまがぶらさがっているところには、青い顔をしたひとりの男がいるものだ。

そうでなくても、とても涼しいそよかぜが吹いていて、そのときは、その青い顔をしたひとりの男がいたのだ。

一本の大きな青いへちまがぶらさがっているだけで、別に、何ごとかが、始まるでも終るでもなかったが、思わず、誰もが目を瞑りたくなるほど、ふしぎに静かで、蔓のようなものさえ優しい影をもつところだったのだ。

だが、すくなくとも、その男にとっては、そうでなかったかも知れない。

一本の青いへちまがぶらさがっているだけのくせに、めまぐるしく、いくたびも、何人もの自分が、生まれたり死んだりして、ぼんやりと青い顔をしているほか、どうしようもなかったからだ。

あとになって、そこが、他人が、よく天国と呼んだり、地獄と呼んだりするところだとわかった。

それにしても、どうして、そこに、一本の大きな青いへちまがぶらさがっていなければならなかったか。

そのときは、だが、ほんのひとときが永遠で、またその逆でもある、わけのわからない時間を、その男は、ただ、ためいきをつきながら、生きていたのだ。

一本の大きな青いへちまがぶらさがっているところには、ひとりの女のことをかんがえている、青い顔をしたひとりの男がいるものだ。

そうでなくても、とても優しいそよかぜが吹いていて、わけのわからない何かが、わけのわからないまま、しょんぼりと、最後に、ぶらさがっていると言うことがあることはあるのだ。

霊験

その日、そのおとこが、まんじゅうを食っていたからと言って、その日が、何ごとか、ことさらに変わった日であったわけではない。

まんじゅうが食いたくてたまらなかった、そのおとこが、鉢巻も取らずに、まんじゅうを食っていたと言うだけのことだ。

おそい春の一日、風に乗って花びらの降る、川のほとりの小さな茶店のことであった。そのぼろを着たひとりの馬方は、要するに、いっしんに、まんじゅうを食っていたのだ。

山盛りのまんじゅうの皿をまえに、あぐらをかいて、うっとりと目を細めて、その丸いものを、口に入れていたのだ。

しかし、それだけで、まんじゅうは、ただのまんじゅうでなかったと言う。まんじゅうを食っているおとこは、ただのまんじゅうを食っているおとこではなかったと言う。

どこからか、ふしぎに、しずかな水の音のようなものが聞こえて、そのおとこのやぶれた褌も、何かを拭きながら、笑ってそれを見ている茶店の老婆も、そのままで、高い、はるかな霊験の邦のものだったのだ。

そのようにして、如来のようなものは、この世を、優しく偽って見せることがある。おそい春の一日、風に乗って花びらの降る、川のほとりの小さな茶店を、深く、怖ろしい永遠の世界のものとすることがある。

本当かどうか、さらに、それは、裾をからげた茶店の娘に、背戸の水辺で、青菜のようなものを洗わせていた。

何やら目にしみる、その白い股のあたりを、遠く繋がれている馬のようなものに、拝ませてくれていたのだ。


（『鏡と街』一九九二年思潮社刊）

詩集〈化体〉から

月明

　まことに平凡だが、例えば、一枚の紙幣のなかにある遠い三日月の街で、一人の男の顔が、目鼻をなくして、白く固い卵の顔となってしまうことがある。

　今更、言うまでもないことだが、死んだ魂の記憶の世界では、どんなことでも起こり得るのだ。もちろん、その街で、非常に孤独に日々を過ごしている男の、何かに、深く、血の滲む夜にのみあることだ。

　彼は、寝台に座って、自分が、生涯、他人に所有される人形でしかないことを、ながく思い悩むうちに、いつか、その白い卵の顔の男となって、街に出ていた。

　そこを歩いているのは、全て、彼と同じく、白い卵の顔をした男たちである。どんな苦悩から彼らがそうなったか、その冷たい顔からは窺い知れない。

　彼らのしていることと言えば、その淋しい街灯と三日月の街を、乳母車を押して、一つの曲がり角から次の曲がり角へ、歩いているだけなのだ。

　その乳母車に乗っているのは、彼らと同じく、白い卵の顔をした赤ん坊である。みんな、仰向けに寝て、小さな両手をひろげているが、笑うことも泣くこともない。

　一枚の紙幣のなかの三日月の街にあるのは、意味ありげだが、本当は、何でもない出来事ばかりだ。誰もが過去に一度見たことのある、陳腐なことばかりだ。

　苦悩と言うものは偉大なものだ。何故なら、苦悩には、理念と言うものがあるから。懐かしい遠い日、古い書物で、そんな古い芝居の科白を読んだことがある。

　どこかに、巨大な白い卵の顔をしたものが在る。白い卵の顔の男は、既に、自分が、その街のどの男なのか、分からず、永遠に、身動きすることのないものを乳母車に乗せて、一つの街角から、次の街角へ、歩いているのである。

化体

自分の部屋で、大きな口をあけて、顔じゅうを口にしている男。彼について考える。彼は、何者か。どうしてそんなことをしているのか。

歯を剝き出しにして、思い切り、大きな口をあけて、何時間も過ごしていると、人間は変化する。いや、少なくとも、彼は、確実に、変化する。

と言うより、その状態でいると、彼自身が、そのように感じると言うべきかも知れない。彼と彼自身の世界が、俄に、本来のすがたを現して来ている、と。

三日月が、彼の街の闇に降りて来ている。街灯が点って、死の静寂が、陸橋と孤立した家々を支配している。

顔じゅうを口にしている男の街は、鉗子のように、幾分、古めかしく、陳腐で、虚ろな街並みだ。

だが、その街に生きているのは、すべて、彼と同じく、大きな口をあけている男である。それぞれの部屋で、彼らは、一様に、歯を剝き出しにして、顔じゅうを口にしている。

つまり、そうしていることが、必要なのだ。そうしていなければ、そこでは、生存できないのだ。

歯を剝き出しにして、口をあけていると、それが分かる。狂った魂の空間で、自分の肉体が、既に、大きな口をあけた、その顔だけになっていることが。

彼らの考えでは、そうすることだけが、例えば、常に、群をなして、この街の舗道を徨っている、赤い蝙蝠傘をさした肉塊になることを免れる方法なのである。

だが、あらためて、特別の行為をするまでもなく、この種の衝動は、誰にも理解できることだ。

おぼろげな記憶でしかないかも知れないが、今日、私たちは、自分が生きている街で、一度は、自分の歯を剝き出しにしていたことがあるからである。

【化体】形をかえて他のものになること。（『広辞苑』第三版より）

瓦礫船

水の　時刻　瓦礫船が　　パウル・ツェラン＊

決して、小さい船ではないが、瓦礫船に浴室のあることは不思議だ。大体、瓦礫ばかりを積むための船には、必要のないもののはずだ。

　だが、船尾への長い通路のおくに、それはある。重い鉄の扉を引くと、天井からの暗い灯がともっていて、浴槽と幾つかの壁の蛇口を照らしている。

　それは、共同浴室と呼ばれるものだろう。内部は、意外に広いのだ。そしてさらに意外なことに、いつも何人かの男が、入浴している。

　何となく、不自然な感じのする連中だ。浴槽にはいっている者、手足を洗っている者、腰掛けに坐っている者、全員が、年老いた成人の顔をしているのに、からだは、子供のように痩せて小さいのだ。

　自分たちが見られていることに気づくと、いっせいに、こちらを見て、動くことを止める。怒りを含んだ眼差しで、一言も発することなく、石化したかのように、じっとそのまま、静止している。

　寒々とした浴室の空間で、それぞれが、全く関わりなく、何十分もそうしている。一度、それを目にした者は、再び忘れることができないのだ。

　どんな世界から、そこに来たのか。彼らについては、さまざまなことが考えられる。

　大袈裟に言えば、それは、この世に人間が生きていることの全てに渉ることと言えるだろう。

　と言うのも、瓦礫船は、その名を知る者にしか存在しない。遥かな苦悩の経験によって、この世の一切を瓦礫と感じている者だけが、憶えているものだから。

　彼らの、いや、もう誰のものでもない、深夜の血の海に、その彼らの遠い浴室の幻のみとなって、碇泊していると言えるからである。

＊『パウル・ツェラン詩集』飯吉光夫訳

破局について

その病気に罹っていることは、自分にしか判らないから、自分がひとりで癒さなければならない。そのために必要なのは、親しい人間に会わない時間だ。自分が、ひとりだけで過ごす時間だ。

それには、見知らぬ遠い都会で、一人で生活することが望ましい。適当に、身体を使うべきだから、私は、小さな理髪店に勤めて、店員をして暮らすことになる。

どんな高熱の理由から生まれたのか。その街の店は、小さな理髪店ばかりだ。その一軒で、私は、どんな客にも、丁寧に応対する、物静かな店員になるのだ。

いつも微笑を浮かべて、口数の少ない日々を生きる。休みの日は、ひたすら、近くの自分の部屋で眠る。

自分にしか判らない病気は、恐ろしい病気だ。そのように生きようとすること、そのことが、病気なのかも知れない。眠っている間も、それは昂進している。

小さな理髪の店で、私は、何人もの客の頭を洗い、髪を整える。鋭く、剃刀を研いで、頬を剃る。床に刈り落とした毛髪を、きれいに掃き清める。

それらは、おそらく、私だけの鏡だけに映った狂った事実である。だが、他人には、全てが、邪悪な偽りだったとしても、私は、私を生きなければならない。私は、私を、生きなければならないのだ。

その静かな夏の日、私は片陰の街に出て、めったに人の来ない路地に、黙って立っている。私の足下に、転がっているのは、私が、絞め殺した少女の死体だ。

静かだ。何もかも停止している。この一瞬、いかなる恐怖にも不安にも遠く、石鹸の匂いをさせて、私は生きている。

慎ましく、微笑を浮かべ、私は、いつの日か、病気が私を去る日のことを、この街の時計という時計が毀れ、陸橋という陸橋が墜落している日のことを、考えるのである。

妄想蛙

　俺は、一匹の妄想蛙、つまり、この世のでたらめな生き物だ。だから、蛙としては、巨大で、体重二十五貫、飛び出た丸い目玉のつらに、膨れた白い腹、それに、水掻きのある、長い四本の手足を持っている。

　世紀末の場末の街で、ひとりの女と一緒に暮らしている。いや男かも知れない。とにかく、女の下着を身につけて、一日中、豚のように、部屋で寝ているやつだ。

　それでも、時々は、外に出ていって、しばらくすると、男を連れて戻ってくる。そのたびに、異った男だが、みんな、青膨れした顔の、手足に水掻きのある連中だ。

　それから後のことは、よく判らないが、何度も、赤い風船のようなものが破裂したり、すぽすぽ、疣のあるものが湿った穴に出入りする、不思議な蛇腹の時間が、この部屋を通過する。

　寝台の下で、俺は目を瞑っているのだが、その時は、昔、俺が、どこかで耳にした旋律が、俺のからだの芯で、疼くように、鳴っている具合だ。

　だが、何枚かの紙幣を払った男が、よれよれになって出てゆくと、あとはまた、俺と女だけの、際限のない、溜池の泡のような暮らしだ。

　女は、寝台に寝転がって過ごし、俺は、その目の前で、黒い蝙蝠傘をさして、一日中、片足で立ち続ける。

　勿論、気がむけば、直接、上になったり下になったりして、斑らの紐のように、抱き合うこともあるのだ。

　俺たちは、たぶん、何かの間違いで、例えば、戦争で手足を潰された男が、遠い月の上から見た、豆のように小さい街の出来事に違いない。そのどこかの飾り窓のおくの欺し絵のようなものに違いない。

　つまり、俺は、一匹の妄想蛙、世紀末の黒い蝙蝠傘をさして、今日、誰もが、一度はなることのある、でたらめな生き物だ。死ぬまでに、誰もが、一度は罹って癒ることのない、生活中毒の幻覚の一つだ。

暗い春

——EとTとHとOに

暖かい春の夜、老人が四人集まって、満開の桜の山に、遊びに行く相談をした。よくある話さ。死ぬことが間近になった人間の楽しみといえば、そんなものさ。相談は、いっぺんで、まとまった。

翌朝、四人は、何故か、それぞれが一本ずつ黒い蝙蝠傘を持って、最寄の駅に集まった。勿論、酒も弁当も忘れなかったよ。彼らしか乗っていない郊外電車のなかで、みんな子供のように騒いで、大はしゃぎだった。

だから、あっと言う間に、目的の場所に着いたよ。漆黒の天の下に、満開の桜の木ばかり、何万本もある花の山だ、運よく、他に誰もそこにいない。

早速、降りしきる花びらのなかに、莚を敷いて、盃を手にしながら、歌ったり踊ったりの無上の時間だ。

もう直ぐ死ぬ老人の楽しみと言えば、そんなものさ。何処からか、三味線を持った美しい女も、四人やって来て、一人ずつ老人の隣りに座って、笑って、酌をしたり手拍子を取ったりしている。遠目には、それは、まるで古い昔の芝居の一幕みたいだったよ。

そして、それからが、本番と言うことだった。やがて、女たちは着物を脱ぎはじめ、白玉のような素裸になった。四人の老人たちは、それぞれが、一人ずつ、その手を取って、花の山のおくに消えて行ったよ。

それからどうなったか。卑しい人間は、直ぐ知りたがるが、それを知るのは、満開の桜の木々だけさ。

それを知るのは老人たちだけなのに、彼らは、四人それぞれが、それぞれの桜の木を選んで、蓑虫のように、その枝に縊れてぶら下がっていたと言うことだから。全ては、四人の四つの漆黒の幻だったらしいから。

誰もいない満開の花の山のなかに、一枚の莚が敷かれていて、その上に四本の黒い蝙蝠傘があり、花びらだけが、そこに降りしきっていたと言う話さ。

もう直ぐ死ぬ老人の楽しみと言えば、そんなものさ。同じく、何処かの満開の桜の木の下で、恍惚と目を瞑って、そんな馬鹿な夢を見ていることさ。

マーフィ

マーフィは、私の幼馴染だ。この首都の北の河岸の二十番街で生まれた。精肉業者の集まっている街だ。彼の両親も、その仕事をしていた。

兄弟は、全て、健康でたくましかったが、彼だけが、虚弱で小さかった。あまり学校に行かず、家にばかりいて、成長した。近所で育ったとは言え、どうして私が、その彼のことをよく知っているのか、不思議だ。

顔だけは普通の大きさだったが、彼の身体は、極端に小さかった。年頃になっても、赤ん坊ほどで、帽子箱に入るくらいだった。事実、成人して独りで生きるようになると、自宅の地下室で、そうして過ごしていた。

飛びぬけて頭が良かったから、若いうちに、何かに成功して、生家の近くに豪勢な家を手に入れると、死ぬまで、ずっと働かず、気ままに生きていたのだ。

その彼の道楽と言えば、知っている他人に、変わってしまうことだった。二十番街の人間だったら、誰でも、一日か二日、贋のマーフィで無かったものはいない。

そのときは分からないが、妙に物事がうまくゆくので、やがて、それと分かる。全く気づかず過ごしてしまう者もいる。ただ後になって、ひどく憂鬱になって、何日も部屋に閉じこもることになるのは、誰も同じだった。

そんなことの無理からだろう。ある寒い夏、突然、たちの悪い膀胱炎に罹って、マーフィは死んだ。そのときは、気の強い近所の洗濯屋の老婆になっていた。で、結局、彼だったかどうか、あやふやになってしまった。

全くの偶然だが、私の名前も、マーフィだ。肉屋の両親の子供に生まれたことなど、いろいろと似ている。だが、私は、帽子箱のなかで暮らせない。彼のどんな成功にも、能力にも、私は関係がない。

ただ、この世に長く精肉業を営んで過ごして、ひどく憂鬱な夜など、私がマーフィになって、たちの悪い膀胱炎で死ぬことがあるだけである。

マルタおばさん

この世で、もし、私が女に生まれていたら、私は、マルタおばさんだ。当年五十歳、象のように太っているけれど、色白で、スカートのなかに、まだ甘くみずみずしい桃の実を、一つ持っている。

巨きな缶詰工場のある街で、安い賄い代の下宿屋をやっている。唄を歌いながら作る食事は、舌が溶けるほどおいしいから、下宿は、いつも若い男たちで満員だ。

そして、私が、もしマルタおばさんだったら、彼らはみんな二十歳前後の優しい連中ばかりだ。みんなおばさんが大好きで、おばさんも、彼らを大事にしている。

私が、また、本当に、マルタおばさんだったら、私は、毎日、とても忙しい。私は、彼らの一人一人の面倒をこまかく見てあげるのだ。

朝は、弁当を持たせ、靴を履かせ、手を振っておくりだしてやる。この世の缶詰工場では、若い男は誰も死ぬほどこき使われて、夕方、疲れて帰って来るから、私は、すぐ浴室で、彼らをきれいに洗ってやる。髪を梳き、清潔な下着を着せ、力のつくものを食べさせる。

もちろん、夜は夜で、その一人一人の寝室を訪ねて、蓮華の天国で、相手をしてあげる。明け方まで、からだの持たないときだけ、自分の部屋に戻って眠る。

マルタおばさんの過去は、誰も知らない。私は、昔、結婚詐欺で、刑務所にいたと言われる。それでもいいかも知れない。女学校で、音楽教師をしていたとも言われる。それもいいかも知れない。

マルタおばさんは、この世の何処にもいないが、少し考えを変えれば、何処にもいると言える。どんな汚れた紙幣の裏にも、台所で、ぴかぴか光る包丁を持った、無数の、全裸のマルタおばさんの写真があるのだ。

もし、私が、女に生まれていたら、私は、本物のマルタおばさんの一人だ。私は、永遠に五十歳で、夜毎、この世の青い花のようなものを摘んで、永遠に六月の虹のような歳月を生きる。

投身

高い建物の窓から身を投げること、自分が死ぬことを願って、そのまま、激しく地上に落下して、血だらけの袋のようなものになること。

そのことに就いては、既に語った人がいる。* 窓から空中に飛び出した途端、彼の肉体と魂は分離する。肉体だけが、先に墜落し、地面に衝突して破裂するのだ、と。

運良く、それがさして損われなかった時だけ、そして彼の魂がそれに追いつけた時だけ、駆けつけた医師の傍らで、彼は息をふき返すことができるのだ、と。

その通りだ。ただ、時代により、個人により、そのことにもさまざまな変化がある。特に、多くの人々が、やみくもに、自分の死を願っている昨今、その事実は、いろいろである。

例えば、ありふれた猥雑な都会の深夜のことだが、一人の非常に肥満した男が、彼の所有する四十階の建物の窓から、飛び降りた場合のことだ。

長く肉屋をして金を蓄えた男だそうだが、生涯にただ一度のその夜、彼は、何故か、全裸で、片手に赤い蝙蝠傘を持ち、空中に飛び出したと言う。

普通なら、彼は、真直ぐに地上に墜落し、死体になるところだったが、そうはならなかった。途中、十二階あたりの空間で、高く傘を差し上げたまま、止まってしまった。そしてずっと、そのままだった。

この事実を、したり顔に、この時代の人間と魂の在り方にかかわりがある、と述べる者がいる。愚かなことだ。今日、私たちの魂などと言うものは、別に、肥満した肉屋でなくても、何かに中毒して、とっくに別のものとなっている。

そのためだろうか。奇妙に静かな深夜の街で、彼は、空中に赤い蝙蝠傘を高く掲げ、肥満した肉体から、特大の性器を露出して、いつまでも曖昧に微笑していた、それだけのことだったからである。

*アンリ・ミショー詩篇「啓示」

永訣

一人の男が消滅する時間を、ほんの数分だと言う者がいる。いや、そうではない、数時間、いや、もっと長い時間、長い特別の時間だと言う者もいる。

いずれにせよ、それは、ごく単純なものらしい。例えば、それは、その男が、深夜、首都の郊外の駐車場に、独り、全裸で立っていることから、始まる。

彼は、何故か、古い山高帽をかぶって笑っていたが、別に、そのためだと言うことはないだろう。遠い三日月の見守るなかで、唐突に、彼の手足が消え、次いで、胴体が見えなくなる。

小さな笑顔と男根だけが、しばらく空中に漂っているが、やがて、それも完全に消え失せる。深夜の駐車場には、淋しい灯に照らされて、何台か、修理不能の壊れた自動車が、並んでいるだけだ。

七人もの子どもを妻に生ませ、下町で仕立屋をしていた男に、どうしてそんなことが起こったのだろう。彼は、道楽で、永年、密かに、ある種の裸体写真を収集していたそうだが、そのためだったろうか。

この酷薄な焼却室の時代、人間が生きていることは、それ自体、一つの謎である。それを考えれば、この事実は、別に、大した意味を持つものではあるまい。

要するに、このことを知るのは、その夜、消滅した彼のみであり、その彼も、現実には、月末の請求書の散乱する仕事場で、机に凭れて眠っていた。

従って、この出来事の一切も、ごく自然に、世紀の闇に消えて行った。最後に、一瞬、ある強制収容所の夥しい死体の山の幻が、彼の頭上に現れただけであった。

そして何ケ月か後に、彼は、喉頭癌のために死亡した。つまり、本当に、この世から消滅したのである。

そのときも、彼が、全裸で、山高帽をかぶって笑っていたかどうか、それを知るのは、どこかの遠い駐車場の三日月だけである。

毛布あるいは死について

時代は、いつも、どこかで、何かが狂っている。しかし、一人の人間が一枚の毛布になってしまうこと、誰もが、それが、現実に起こることだとは考えまい。

だが、それが、本当に起こることがあるのだ。世間から忘れられ、汚れた部屋に、永く、独り、寝ている老人の場合には。その病気の老人の場合には。

三月のその朝、彼は、自らが、一枚の毛布になっていることを感じた。自分の身体が、誰かが、洗って干した一枚の毛布であることを。

ありふれた街裏の空地のことだ。それだけで、別に、ほかに何ごともなかった。あたりは、静かで、遠くで鉄を打つ音がしていた。

小さな柵に干され、毛布の彼は、うっとりと、日を浴びていた。毛布になってしまうと、人間は、かつて、自分が見た風景の一部になるのかも知れない。

三月のその朝、その空地には、ようやく緑の若草が生え初め、青空に白い雲が浮かんで、彼は、その小さな柵に、ぽつんと、掛けられていたのだった。

非常に遠い場所のようであり、すぐ近い場所のようでもあった。少し寒く、少し暖かい風が吹き、一切は、完了して、何事も起こることはないようであった。

死ぬまでに、人間は、さまざまな経験をする。特に、戦争や飢餓の世紀の日々を生きると。だが、それを、全ての人が、他人に語るとは限らない。

どこかで鉄を打つ音がしていた。誰もいなかった。老人は、何もかも判らなくなっていた。享年七十九歳、かつて、戦災で、妻子を失った元鉛管工は、そして、一枚の毛布であるまま、この世を去っていった。

時代は、いつも、どこかで、何かが狂っている。ありふれた街裏の遠い空地に、うっとりと、日を浴びて、一枚の毛布が干されている。

遠い窓から、ぼんやり、それを見ている疲れた掃除婦には、それは、ただ、それだけのことである。

醜聞

ばかばかしいと言えば、この上なく、ばかばかしいことだが、人間の、それも、もう中年になろうとする一人の男が、卵を生んでしまうことがある。

何ごとも曖昧な時代の曖昧な日々、おそらくは、死ぬほど気の小さいその男が、失業して、何ごともいい加減に誤魔化して生きていたからだろう。

どことも知れぬ街の、便器と箒しかない小部屋で、ある日、気がつくと、彼は、自分のからだより、巨きい青い斑点のある卵を、一つ、生んでいたのだ。

しかも、一切の時間は、そこで停止し、息を詰めているように、物音が絶えて、それから何の変化もない。

この世で、何がばかばかしいと言って、自分の生んだ卵のかたわらで、下半身、丸出しで、ぼんやり立っている男ほど、ばかばかしいものはない。

そして、もっとばかばかしいことと言えば、たぶん、彼の出産の後の貧血のためだ。

突然、訪れた暗黒のなかで、次第に、その彼の姿が消え、へんに生白い彼の尻だけが、そこに浮いていたと言う事実である。

何ごとも曖昧な時代の曖昧な日々、それから、その小部屋に、どんな肛門の時間が流れ、どんな悲鳴が聞かれたか、一切は不明である。

ただ、同じく、曖昧な時代の曖昧な日々、どことも知れぬ街の、便器と箒しかない小部屋で、彼そっくりの一人の男が、天井から吊るした紐に首を差し入れて、自ら死んでいることがあった。

ばかばかしいと言えば、さらに、ばかばかしいのは、その街では、建物と言う建物のどの小部屋にも、一人ずつ、首を吊って死んでいる、彼そっくりの男がいたと言うことだ。

つまり、そのことを含め、一切が、ありもしない斑点のある世界の、ありもしない死人の夢、いや巨きい卵のなかの出来事だった、と言うことなのである。

転生譚

遠い地平の灰色の天に聳える、とてつもなく巨きな塀の下のことだ。地面に置かれた鉢から、いきなり、男の生首が一つ出て、ひょろひょろと、それを支える針金の茎が伸びる。

すると、その隣りに置かれた鉢からも、別の男の生首が出て、ひょろひょろと、その茎が伸びる。次にまた、その隣りの鉢からも、ちがった男の生首が出て、ひょろひょろと、その茎が伸びている。

同じようにして、そのあたりにある多くの鉢から、次々に、さまざまな男の生首が生え、人の腰の丈ほどに伸びて、ひょろひょろと、風に吹かれている。

これは、何だ。ここは、どこだ。考えていると、その考えている自分も、その生首の一つで、針金の茎だけで立って、あたりを見回している。

莫迦げたはなしだ。こんなことがあるわけはない。そう思うのだが、鉢から生えた生首になってしまうと、俄に、頭も悪くなるらしい。声も出せず、あたりを見回して、ただ、ぱくぱくと口を動かしているだけだ。

まわりの男の生首たちも、同じらしい。あちこちを向いて、風に揺れながら、ぱくぱくと、口をあけている。

どうも変だ。これは、何かにつけて、現代とか虚無とか言うことばを口にしたがる男が、いつも読んでいる新聞の気違いじみた写真に似ている。

だが、だからと言って、何が変わるわけでもない。灰色の天に聳える、とてつもなく巨きな塀の下で、つまり、これが、その現代とやらの月並な幻なのだと、遥かな、本当の人間の生首の淋しさを思っていたのだ。

あちこちを向いて揺れる、無数の生首の一つになって、ただ、ひょろひょろと、風に吹かれていたのだ。その生首たちの長い舌のことなど考えていたのだ。

いや、ここでは、人間は、誰もが、永遠にこうしているのだと、さらに遠い地平の金属の贋の三日月など、ぼんやり眺めていたのだ。

死刑

ヘンリー・リー・ルーカスの過去の思い出と言えば、少年時代の頃のことだ。夕暮れになると、母親は、いつも安物の派手な服を着て、街へ出て行った。一日中、あまり顔を合わせることも無かったのに。

父親はいなかった。以前、暗い雨の夜、酔っぱらっていて、高架鉄道の下で、誰かに殴り殺されていたのだ。

独りになると、だから、ルーカスは、夜更けまで、高架下のそのあたりで、塀に空き瓶を投げつけて過ごした。瓶は、乾いた音をたてて、四方に飛び散った。

やがて、その塀が裂けて、黴臭い年月と、埠頭倉庫に、荷物を盗みにゆく仲間たちが現れた。下着のしたに、そっと手を入れてくる、女友達もやって来た。

ルーカスは思い出す。その頃から、聞こえはじめた声を。倉庫から走って逃げる途中、冷たい闇のなかで、声は言っていた、右へ曲がれ右へ、と。

そして、細い路地を、右へ曲がると、場末の街があって、暗い街灯のしたに、安物の派手な服を着て、客を待って立っている女たちがいた。彼女たちを見ると、頭のなかで、何かが凍りついた。

声は言っていた。殺せ、殺せ、殺せ。暗い雨の夜、そして、初めて、その一人の下腹にナイフを突き刺した。それから、雨の夜が来るたび、彼女たちを殺した。

最後に、女友達のベッキーを殺した。彼女も、あの淫売たちの一人になったからだ。その手で、いつも自分を慄える歓びの天国に連れていってくれたのに。

死刑囚ヘンリー・リー・ルーカスは、独房に座って、じっと自分の手を見ている。これは、俺の手じゃない、ルーカスは、もうどこにもいない。この手は、俺を騙る目鼻のない男のものだ。

右へ曲がれ右へ。ルーカスは目を瞑る。紙幣とコンドームの時代、街に無数に殖えたそいつらが、俺と俺の魂を作り、古新聞の記事のなかで、俺を死刑にしたのだ。

＊江代充「黒球」に拠る

春歌

その日、優しい春の雨は、仄かな天の明るみから、降るともなく降っていなければならない。ことに、幾本となく鮮やかな緑の糸を垂れる、一本の柳の木のあたりに、煙るように降っていなければならない。

その柳の木の下には、そして、一人の女が、ひっそりと声を忍んで、泣いていなければならない。白い顔を両手でおおって、肩を震わせていなければならない。

片方の足にだけ足袋をはいた、その足元には、また一枚の手紙が、落ちていなければならない。もう、その薄い墨の文字は、雨に滲んで消えかけているけれど。

そこは、村はずれの川のほとりで、ゆったりと、南に曲がる水の上を行く舟もなく、遥かに、山々は霞んでいる。一本の柳の木の下に、独り、小さく立つ女は、ときに、口をあけて、それを眺めてから、またこみ上げてくるものに、瞼を押さえるのだ。

だから、木々の間から、帯のように、その川の見える峠道を、笠を傾け、一人の男が急いでいなければならない。愛しいものを振りきって行くのだ。拳で涙を拭っては、大袈裟によろめきながら。それでも、固く、懐のおくで、片方だけの女の足袋を握りしめながら。

そして、それから何年後だろうか。優しい春の雨が、音もなく、暗い辻堂の庇を濡らす日、そのことを歌にした一人の瞽女が、歯の抜けた口をあけて歌っている。感に堪えて泣く大勢の人々を前に、一段と高く声を張って、ことに、そのくだりを聴かせているのだ。

どんなに月並でも、この世では、男と女の別れこそ、最も熱い悲しみを齎すものだと。終に、その謎は解く由もないが、その内股の甘い疼きこそ、永遠だと。

それ故、優しい春の雨は、仄かな夢の天の高みに、片方だけの女の足袋を浮かべて、音もなく降っていなければならない。その遠い一本の柳の木のあたりに、永遠に、降るともなく降っていなければならない。

餓鬼

めしを食うということは、めしを食うということだ。右手に二本の箸を持ち、左手にめしを盛った椀を持って、口のなかに、めしを押しこむことだ。

そのめしが食えなくて、めしを食うことだけを考えながら、永い苦役の生涯を過ごすと、一人の男は、ある日、思いがけなく、一杯のめしにありつくことができる。

おそらく、何かの間違いだろうが、妖しく、あたりに蓮の花など咲く、一枚の筵のうえで、まさしく、右手に二本の箸を持ち、左手に山盛りのめしの椀を持った、ありもしない自分に気がつくのだ。

乱抗歯の相好をくずして、その男が、そのめしを食うのは、だが、その先のことだ。他人の田圃ばかり這いまわって生きてきた男の、大抵の物ごとがそうであるように、そこまでで、一切は終りになる。

汚れた褌のはだかの男は、俄かに、妙に下腹だけ膨れた、骨と皮ばかりの餓鬼となって、虚空からの冷たい風に吹かれていなければならない、髪の毛の抜け落ちた頭をして、空の椀だけを持っていなければならない。

めしを食うということは、めしを食うということだ。馬鹿な坊主たちの拝む曼荼羅のなかでは、人間は、そのために、さまざまな山坂を歩き、さまざまなこの世の塔婆にかこまれて、さまざまな餓鬼になる。

なむあみだぶつ。畳のすりきれた安宿で、寝乱れたふとんに、しどけなく横坐りして、ぼんやり、その餓鬼の幻を見ているのは、まだ、若い女郎だ。

ついさっきまで、自分を買った男に、幾たびも狂った快楽の頂に突き上げられて、今は、疲れ果てて、汚れた下手な襖絵の、かすれた橋のほとりにいる。

なむあみだぶつ。思い出しているのだ、自分も、その幻のめしの椀を両手に持って。遠いむかし、山里の苅田の上に出ていた、小さな三日月を。この世では、とうとう芋しか食えなかった死んだ父母を。

幻月

一枚の紙幣の遠い記憶のなかで、老人たちが眠っている。彼らが眠っているのは、鮮やかな青空の下に、窓の多い建物ばかり並ぶ、大きな街である。

彼らは眠っている。同じ帽子をかぶり同じ外套を着て、その街の中空のそこかしこに、垂直に立ったまま。

どんな約束があって、彼らは、そこで、そうしているのか。別に、深い仔細などないだろう。全てに理由を探そうとすることは愚かなことだ。

既に、永い生涯の日々を生きた者にとっては、それが、平安なものであれば、どんなことでもよいのだ。

静かな魂の休日、街に他の人影はなく、全ての店が鎧戸を下ろしている。ここでは、今日、誰もが、何ものかに、深く麻痺して、思い思いの方向を向いて、立ったまま、眠る老人になるのだ。

例えば、そのどこかの窓辺に、一冊の書物があって、開かれたその頁に、この光景そのものを描いた挿絵があったとしても、おかしいことはない。

これら一切が、その彼らの一人の見た、透明な死の出来事と言えるからだ。そう言えば、彼らは、全て、微かに笑っている。全ては、虚無に属することなのだ。

従って、次の瞬間、数十人、数百人、いや、更に多くの彼らが、一斉に、その肉体を喪い、陸橋や街灯の上で、帽子と外套だけになっていることも、あり得ることだ。

戦争と造花の時代、当然だが、彼らは、一度も本当に生きたことなく、頭蓋と内臓を機械で挽かれて、最初から、無意味な空白の日々を過ごしたのだから。

一枚の紙幣の遠い記憶のなかで、老人たちが眠っている。どこまでも続く街は静かで、点在する彼らを映す、建物の窓もある。永遠に、それは変わらないだろう。

一枚の紙幣の遠い記憶のなかで、無数の老人たちが眠っている。遥かに、それを見守るのは、偽りの啓示、そうだ、世紀末の小さな幻の三日月である。

注射男

笑ってはいけない。巨きな注射器を持った男のことだ。何かが終りかけている時代の、私たちの都会の暮らしを、よく訪れることのある注射男のことだ。

所在ない夕暮れ、小さな部屋、例えば、何脚かの椅子の転げている、桃色の部屋の空間に、唐突に、彼は現われる。

先端に鋭い針の光る、目盛りのついた灰色の管を抱えて、薄笑いを浮かべていて、はじめから、ひどくいかがわしい感じだ。

いきなり、彼は、そこに寝ている女の毛布を捲って、その尻に、その針を突き立てる。

驚いて、大声で喚きながら、その女は、起き上がるのだが、薄い寝巻きの彼女は樽のように肥満している。すぐに、誰かの妄想の世界のことだと分かる仕組みだ。

そして、それが、注射の作用なのだろう。女は、うっとりと笑って、寝巻きを脱ぎにかかるのだが、そのからだは、さらに肥満している気配だ。

小さな顔は、元のままだが、白い乳房や尻など、何倍にも膨れている。巨きな注射器を持った男は、だが、一向、それを気にすることなく、薄笑いを浮かべて、いつまでも、それを見ている。

そのままで、何がどうすると言うこともなく、全てが曖昧なまま消え失せるのだが、それも、あの目盛りのついた灰色の管のせいだろうか。

二人は、それから、どんな桃色の地下鉄の街で、どんな天国と地獄の生活をしているのだろう。

ずっとあとになって、私たちは、その男が、どこかの地下街の下着売場で会ったことのある男であるのに、気がつく。それは、自分だったかも知れない。

何れにせよ、私たちの時代の日常は、そのようにして終る。汚れた紙幣のなかの見知らぬ病院で、そのようにして、始まるとも言えるのである。

壜詰男

壜詰めになっている男は、大抵、瞑目している。不自然に、手足を折り曲げて、逆さまに壜に入れられているのだが、多くは、固く、目を瞑っている。

一つには、それは、彼の詰められている壜が、非常に、小さいものだからだろう。それは、やっと薬壜ほどのものなのだ。どう考えても、普通、一人の人間が入るものではない。

しかし、一つの壜に、一体、彼らは、そのなかに納められている。例えば、首都に住むある鉛管工の場合、身悶えしている、その姿勢のまま、壜に入れられて、彼の部屋の卓子の上に、ひっそりと置かれている。

何故、そのようなことが起こり得たのか、彼の場合、この世に生きることに、何の希望も持てず、部屋に閉じこもって、ねじの頭ばかり潰す、偏頗な日々を送っていたからだと言われるが、そうかも知れない。

いや別に鉛管工でなくても、県境の砂漠にある賭博の都市で、天蓋のある寝台に、バナナのような女を案内している男にも、それは、あり得ることかも知れない。

うすら寒い初夏の夜明け、自らはそれと気づかず、私たちは、その事実を、知らされることがある。

その日、塀ばかり続く、誰かの夢のなかの裏街を、見知らぬ鉛管工の顔をした自分は、血に濡れた包丁を持って、歩いている。そして、しきりに呟いている。

この世に、何故、人間と壜は、存在するのか。いつの時代にも、何故、壜詰めにされた状態でしか、生存できない人間たちがいるのか。一切は、愚かな人間の錯誤にはじまる、巨大な壜のなかの出来事ではないか。

何も見えない。何も聴こえない。何も感じない。

(小さな一人の人間の小さな一つの湾曲した生涯。)

高い青空から無数の紙幣が降る、遥かな虚無の街で、そうして、今度は、自分自身が、逆さまに壜に詰められ、静かな部屋の卓上で、ひっそりと、瞑目して、合掌しているのである。

尻または孤独について

人間が、永く、孤独の日々を過ごすことによって、彼自身に起こす変化には、さまざまなものがあるが、それには、目に見えるものとそうでないものがある。

その目に見えるもののなかで、もっとも一般的なものは、彼の肉体の膨張あるいは収縮である。

分かり易く言えば、一人の人間の肉体の全部あるいは一部が、極端に、大きくなったり、小さくなったりすることである。

現実には、その変化は複雑を極めて、容易に、言葉にし得ない例ばかりなのだが、ある独身の中年の男が、彼自身の尻だけのようなものになっていた事実がある。

語学教師であったとも、警官であったとも言われる彼は、彼自身の古い夢の記憶である、首都の共同住宅の一室で、長椅子に半ば捲きついた、巨きな丸い肉のかたまりになっていた。

思いがけぬところから、毛髪が垂れ、小さな彼の笑顔があったと言うが、定かでない。その下に、いるはずのない、同じく、小さな女の笑顔も見えたのだから。

そのためかも知れない。青空の下で、建物も陸橋も道路も、妙に歪んで見える街のどこかで、彼の部屋は、壊れた家具や雑誌で、どの出口も塞がれていた。

いつの時代も、独りの人間が生きることは苦しい。彼の世界では、自分の肉体はおろか、彼の住む都市を含む、全ての事物が、日々、あいまいに、膨張したり収縮したりしているのだから。

その日の彼の膨張は、彼の暮しの苦痛の極みに訪れた、ある種の救済だったのかも知れない。

その後も、あるいは、彼に似た男の桃色の夢のなかで、たしかに、その男である巨きな尻は、少なくとも、何日か何週間か、ずっとそのままだったからである。

迷路の街について

椅子と癒着した男に就いて、もっともらしく、それは、彼の長い抑圧された生活の結果だと言う者がいる。また、彼の所有する大量の青い紙幣のためだと言う者もいる。そうかも知れない。

問題は、だが、それらの理由でなく、既に、彼が椅子と癒着していると言う事実、そのことであろう。

現実には、彼は、彼自身の作り出した、灰色の街の一室で、独り、やや大きめの革の椅子に、少し横向きになって、癒着している。

半ば、その椅子に抱きつく格好で、背凭れの部分に顔を押し付けているのだが、彼の身体の椅子と接しているところは、完全に、椅子と溶けあっていて、どこからが彼なのか、不明である。

頭髪や背中、それに靴裏に見える両足などで、彼と分かるのだが、それにしても、意外なことは、彼にとって、それが、悦ばしげに見えることである。

僅かに、残っている顔の一部は、明らかに喜悦の表情を浮かべているからである。

全ては、錯誤であろう。だが、それを彼に確かめようにも、既に、半ば椅子である彼には、不可能だ。実際、声をかけてみても、何の返答もない。

椅子と癒着した男の問題は、複雑だ。全てが、彼自身による欺瞞であるかも知れない。

彼が、どんな人間で、何に抑圧されていたか、多くのことが考えられる。が、彼が、椅子になりかけている以上、他人は、そのまま、それを放置するしかない。

今日、私たちは、どんなときにも、他人の病気やそれによる錯誤を、自分のものとすることはない。

遠い天の三日月、即ち、何かに騙されている者にのみ見える、その三日月をたよりに、一刻も早く、その折れ曲がる袋小路ばかりの街を脱出すべきなのである。

来歴について

おそらく、そのとき、自分が、その目鼻のないつるつるの顔の男になっているからだ。あるいは、もう、人間とは呼べないのかも知れない、その目鼻のないつるつるの顔をした男のことを考える。

あたりに何もない灰色の空間に、卑しく背を曲げて、独り、彼は座っている。そうしていれば、何があっても、自分だけは、全く安全であることを知っているからだ。

少なくとも、自分はそう信じることができるからだ。そうなるには、多くの経験がいる。何年も、何人もの他人を所有し、その顔を幾通りにも使い分けて、過ごさなければならないのだ。つまり、その一人一人の顔をして、彼らの日々を生きなければならない。
(と言うことは、逆に、他人に所有されることだが。)

例えば、全ての人間が、血まみれのつるつるの顔をしている、尖塔の都市で、一人で、同時に、目鼻のないつるつるの顔をした、千人の商人となって、その目鼻のないつるつるの顔を、売買して暮さねばならないのだ。

その都市は、たぶん、不可解な巨大な目鼻のないつるつるの顔のなかにある。それ故、その顔のそれぞれに、人間の手足がついていたとしても、事情は同じだ。

そして、ある日、唐突に、自分が、目鼻のないつるつるの顔をした男になっていることを知る。

全てに目鼻のないつるつるの日々の、全ての目鼻のないつるつるの現実。全てに目鼻のないことのつるつるの意味と無意味。

もう何があっても怖れることはない。あらゆるものに目鼻のないつるつるの世界で、巨大な目鼻のないつるつるの顔をして、座っていられるのだ。

ばかやろう。お前はどうして生まれてきたのだ。

そうして、遠い、いつとも知れぬ時代から届く、誰かのかすかな声を、じっと耳を傾けて、聞き入っていなければならないのである。

雪

雪のはげしく降る夜、ひとりの女に逢いに行った。逢いたいから逢いに行くので、雪にかかわりはなかったが、雪は細かくはげしく降って、それを渡るたび、闇の深くなる橋を、つぎつぎに、寒い行方にかけた。

雪の降りしきるなか、一つずつ、それを渡って行くと、この世に、女がひとりしかいないことがわかる。今夜が、ふたたび無いことがわかる。

逢うことができようが、できなかろうが、逢いたいから逢いに行くので、雪にかかわりはなかったが、雪は、いよいよ、はげしく降って、あるはずのない高い橋を、またしても、夜更けの街の空にかけた。

一つずつ、それを渡ってゆくと、この世に、自分が、ひとりしかいないことがわかる。畜生が、畜生のいのちを生きることが分かる。

細かくはげしく降るもののなかで、あるいは、二つの生涯のせつない闇を知るだけなのだが、雪にも、血にも、どんな匕首にも、それはかかわりのないことだ。

あるはずのない白い涅槃で、男が、何度、生まれ、何度、死ぬことができるか、女が、何度、死に、何度、生まれることができるか、どっと降りつのるもののなかを、また一つ橋を渡って行くのだ。


雪のはげしく降る夜、一つの物語に逢いに行った。それからあとの二人の小さな火のことは、なお、降りつづいた雪の知らないことだ。夜更けの街の路地という路地を埋めた、雪にかかわりのないことだ。

(『化体』一九九九年思潮社刊)

〈拾遺詩篇〉

大鍋
——妖術について

一九一三年のことだ。フランスのモリーヌの片田舎に住む、ひとりの農夫が、妖術と言うものを試そうとしたことがある。臆病なくせに、思いつくと、どうしても、それをやって見たくなる馬鹿な性分の男だったのだ。

暗い夕べ、うろおぼえに知っている、パトリスの荒野に、大鍋を背負って、ひとり、彼はでかけた。半殺しの黒猫が、一四、なかに入っている。

中世の昔、そこで、そいつを、ぐつぐつ水で煮ていると、恐ろしい悪魔が現われたと、どこかで、彼は、聞きかじったことがあったのだ。

長いことかかって、枯枝を炎にして、いざ鍋を火に架けたところで、しかし、彼は腰を抜かした。いきなり足もとで、何かがとてつもない悲鳴を発したのだ。

逃げろ。何もかも放り出して、一散に、彼は家に逃げ帰った。毛布をかぶってがたがた慄えて、朝を迎えた。

翌日、同じ村の男に、大金を、なけなしの五百フランを渡して、例の大鍋を取りに行って貰ったのだ。

ただ、多分、自分の妖術のおかげで、それ以来、彼は何を喋るにも吃るようになってしまった。

後年、私が、彼に会った時も、もう、何年も過ぎたのに何かに怯えて、彼はまだ吃っていた。

ジャン・パルーと言うひとが『妖術』と題した小さな書物に書いているはなしだ。この書物には、ほかに、一九五〇年のポンエベールの農村の別の男のこともある。

その男は、夜になると、棒に化けて、自分の寝台の下にもぐりこんでいた。つまり、妖術を操るか、操られるかして、悪魔の世界に出没していたらしい。ただ、その内容は、彼のほか誰にも判らなかっただけだ。

この種のことなら、だが、自らは気づかずに、幻の大鍋で煮られて、私たちが、夜毎、経験していることだ。

ただ、悪魔などとあらためて呼ぶことはないが、無慈悲に、この世を腐敗させている巨大なものに囚われて、誰もが、きれぎれにしか、それを記憶していないだけなのである。

南瓜について

八月あるいは十二月、それが何であれ、われわれの生存に関する、重大なものごとを決定するとき、われわれは、必ず、深夜のしずかな密室にいる。

全ゆる迷妄を絶って、沈鬱に、そして厳粛に、生存は、しずかな密室で謀られるべきものだからだ。

円卓の上に置かれた、一個の巨大な南瓜。それを囲んで、われわれは、果てしなく、沈黙をつづけるのだ。

生存こそ、われわれの最後の目的である。

われわれは、われわれのひとりを、犠牲にせねばならぬ。生存の課題は、たとえば、われわれに、それを要求する。

あるとき、それが錯誤であっても、生存は限りなく重大だから、われわれは、躊躇なく、彼を抹殺しなければならぬ。

そして、ひとたび生存のために、それを選んだ以上、若し、それが必要であるならば、われわれは、また、さらに、次のひとりを抹殺せねばならぬ。

当然、さらに、次のひとりを抹殺せねばならぬ。

八月あるいは十二月、深夜の息詰まる密室に、それが、あるいは、決して見ることのできぬ、巨大な一個の南瓜が存在する理由である。

全ゆる組織と論理を超え、それを囲んで、われわれが、揃って、深夜の南瓜の顔をしている理由である。

そのそれぞれの南瓜のなかのそれぞれの密室に、必ず、ぶら下がる、われわれの数だけの飢餓と凶器。われわれの数だけの恐怖と死体。

八月あるいは十二月、生存こそ、われわれの究極の目的だから、やがて、夜明けが、その密室を訪れるとき、(抹殺されるべきものは、のこらず抹殺され)灼熱して、それを迎えるのは、われわれでなく、卓上の一個の巨大な南瓜である。

犬と病気

病気が、犬にやって来たとき、犬は、それに気づかなかった。病気というものを、犬は、つゆ知らなかったから。

犬は、ただ非常に疲れて、遠く灰色の月の見えるところで、ひとり、横になっていた。

犬は、夢を見ていたのだ。犬の夢のなかにも、一匹の犬のようなものがいて、どこまでもつづく、高い橋のうえを歩いていた。そして、それが、どんなに歩いても、橋が終ることはなかったのだ。

そのことに、犬は非常に疲れて、遠い天の灰色の月に、何度も何かを訴えかけたが、とうとう、最後まで、それはわかって貰えなかった。

ほかに何もない犬の夢のなかで、ただ、そのたびに、彼は感じたのだ。どこからか、自分を見張っているもののことを。それでいて、それらは、自分に何の関わりもないことを。

犬は、はじめて、自分が、怖ろしい世界に来たことを知った。橋を渡っている、一匹の小さな犬のようなものが、自分であることに気がついたのだ。

（おそらく、自分が、はげしく狂わなければ、この世界を脱け出すことは、不可能だろう。）

犬が、夢を見ることは、決してないのだ。それが、犬の病気だったのだ。

犬は、それを知らなかったから、遠い灰色の月が、月でなくなるまで、ひたすら、橋を渡りつづけた。犬のようなものが犬でなくなるまで、歩きつづけた。

細長く尖った顔をした動物

——或は悪と罪について

例えば、曇天の日々ばかりの都市で、永く、孤独な暮しをしている男なら、知っているだろう。

淋しい紙幣の時代、その細長く尖った顔をした動物は、蟻を食べて生きている。

蟻塚を見つけて、そのむちのように長い桃色の舌を、小さな蟻の穴に差し入れて、蟻を食べる。

それを始めると夢中だ。何時間もかけて、蟻塚の蟻を、一匹のこさず、平らげてしまう。

全てに、のろまで鈍感で、何を考えているか、分からない奴なのだ。

交接のために、たがいに、相手の器官に、自分を差し込んでいるとき以外は、小さな目をして、もぞもぞと、淋しい地平を這い回っているだけなのだ。

他人のなかで、永く、孤独に、日々の時間を生きている男なら、知っていることだろう。

どんな長い血の塀を通り抜けて、この曇天ばかりの都市の反世界にやって来たのか。

ある日、その細長く尖った顔をした動物が、彼の部屋に現われ、彼の服を着て、彼の椅子に座っている。

そのことに少し驚いているように、しかし、誇らしげに、あたりを見まわしている。

もちろん、そのとき、彼自身が、まちがいなく、その細長く尖った顔をした一匹の動物なのだ。

生きることは、単純なことだが、いつも苦しい。

そのとき、その男は、例えば、下着のなかで、変に、柔かくて敏感なそいつの性器を、両手で押えながら、言いようのない奇妙な笑いを、笑っていなければならないのである。

錯誤について

厳粛な面持ちで、その青い犬の顔をした女は、そこに立っていた。胸飾りのついた服を着て、そうしていることのほか、一切の関心を持たないように見える。

彼女が、青い犬の顔をしていると言うことを除けば、特に、変わったことではない。

どんな街にもあるありふれた個人の客間のことだ。そのありふれた戸棚や椅子の間に、全てに超然と、彼女が、犬の顔をして立っていると言うことだけなのである。

ただ、とても暑い。錯誤がもたらす不自然な死の暑さだ。おそらく、そこでは、犬の顔をした者以外は直ぐ死ぬのだ。(誰が、何のために、それを作ったのか。)

気がつくと、その小さな部屋の壁には、無数の小さな木の函があって、その一つ一つに、同じ、彼女の犬の顔が入っている。

全ては、錯誤に基づくものだろう。全ては、紙幣と陸橋と、他ならぬその錯誤で作られた、幻影の都市に属するものにちがいない。

多分、その都市には、全くそれと同じ、多くの部屋があるのだ。そして、そのどの部屋にも、青い犬の顔をした女が、全てに超然と立っているのだ。

単純で愚かなその錯誤が、何であるか、考えるべく、そこにあるのは、しかし、青い犬の顔をした女が、厳粛な面持ちで、そこにいると言う、その事実だけなのだ。

血と亀裂の時代の偽りの鏡の罪悪、例えば、彼女が、爪先の尖った白靴を履いていると言う、その事実だけなのである。

ある意味で、それは、全ての人間が、青い犬の顔をして生きていると言える、われわれの時代のありふれた深夜の出来事の一つなのかも知れない。

従って、次の瞬間、白熱の閃光とともに、一切が、一度に消滅しても、別に、何の不思議もないのである。

月夜の幽霊

月夜の幽霊は、全部で、五匹いた。静かな四月の深夜の町の広場に、五匹が五匹、横に並んで、こちらを向いて、笑っていた。

多少の大小はあったけれど、五匹は、みんな、同じ格好をしていた。古い山高帽をかぶって、丸い白い煙の顔に、白い煙の身体、街灯の下に、立っていたのだ。

この世に、幽霊は、存在するものであろうか。その五匹の幽霊は、本当に、幽霊であったのだろうか。

若し、そうだとして、何故、その夜、彼らは、そこに出現して、笑っていたのだろうか。

特に、その五匹のなかの最も小さな一匹など、明らかに、逆立ちさえして、笑っていたのだ。

全世界の幽霊に関する書物を読破したあとで、私は、ただ、その恐怖の事実を報告したいだけだ。特に、おそらくは、それを信じることのできない人々に。

唐突に、さらに怖ろしいことの起こり得る、私たちの今日を生きながら、紙幣や機械のために、無邪気に、何ごとも、屑籠のように、見過ごしてしまう人々に。

確かに、その夜、私は、酔っぱらって、見知らぬ町の駅前の広場で夢から覚めた、だらしのない人間ではある。

しかし、暖かな四月の深夜、そこは、非常に静かで気持のよいところだった。

そして、月夜の幽霊は、全部で、五匹いた。そこに、そうしていることが、おかしくてたまらない様子で、揃って、古い山高帽をかぶって、笑っていた。

特に、その小さな一匹などは、おそらく、そのために、逆立ちまでして、そうしていた。

そして、私たちを笑いながら、夜明けまでに、五匹が全部、広場の街灯の下に並んだ、ありふれた五つの屑籠になった、と。

小心者の休日

若し、休日を得ることができたら、その日は、完全に自分独りで過ごすべきだ。本当に、そうできる日など、生涯に、幾日も無いのだ。

その日、私は、階段の下の物置きの小部屋に入って、貴重な時間を無駄にしないようにする。そこにある、埃だらけの木箱のなかで、一日を過ごすのだ。

木箱は、多分、何かの空き箱だ。小さくて、窮屈であっても、いや、むしろ、その方が良い。

少なくとも、そこで、私は、そうしている時間だけは、本来、自分が、そうであるべきだった、一匹のもぐらもちになって、生存することができるのである。

世界には、無数の穴があり、その一つの穴のなかで、もぐらもちが、どんなに複雑な生き物であるか。必要から、実際、そうした経験をした者でないと判らない。

錯綜した通路を経て、例えば、その一匹は、さまざまな悩みをもつ、独りの小心な男の休日を過ごす。

階段の下の物置きの小部屋に入って、彼が、どんなに身を縮めて、目を瞑っているか。そこに至る長い曲折を思うだけでも、一日は、短いのである。

もっとも、この場合、世界に無数にある穴のなかで、多く、もぐらもちは、うつらうつら眠る習慣であり、その一匹である彼も、そうしている時間が長いのだが。

何れにせよ、私にはそれが最良の時間だ。苦痛に充ちた生涯の一日を、とにかく、私は、そうして、暖かく充実して、やり過ごせる。

私の生涯は、私のものだ。どんなに貧しく滑稽なものであろうと、私には、私のやり方がある。小心者の休日の深さと怖ろしさを、多分、誰も知らないだろう。

そうして、そのまま、本当に生きることも知らずに、一生を終るのだ、と言いたいが、まあ、それは、少し言い過ぎかも知れない。

四人の男

永遠の何かがひどくむず痒い、でたらめな血液の街の広場でのことだ。

その真ん中の柵でかこまれた芝生のうえに、同じ顔をした四人の男が、こちらを見て並んでいる。

一番目のその男は、灰色の帽子をかぶり、一羽の兎を抱いているが、その灰色の帽子をかぶっているほかは、何も身につけていない。ひどく痩せた男だ。そして、彼は、こちらを見て、嬉しそうに笑っている。

二番目のその男は、肥満した男だ。丁度、何かを殴ろうとして、右手の定規を頭上に振り上げたところだ。だが、そのまま、動けなくなってしまった。彼も、こちらを見て、嬉しそうに笑っている。

三番目のその男は、何故か、地面に逆立ちしている。それも、両手を使わずに、尖った頭の先だけで、固い地面に立って、そうしている。そして、彼も、こちらを見て、嬉しそうに笑っている。

四番目のその男は、たぶん、もう死んでいる。彼は、両手を伸ばして脇につけ、直立しているが、その首は切断され、足元に置かれているからだ。瞑目した、その首も、こちらを見て、嬉しそうに笑っている。

何もかもひどくむず痒い、でたらめな血液の街の広場でのことだ。だから、四人の男は、永遠に、そこで、そうしているにちがいない。彼らは、どんな歴史からも自由なのだから。

何故、彼らは、四人なのか、何故、彼らは、同じ顔をしているのか。何故、彼らは、そこに、そのように存在しているのか。

その答を考えるのは、でたらめな夢のその街で、毎日、自分の心臓のようなものを売って生活している男の役目だ。

その悲しさで狂っていて、ときどき、独房で、嬉しそうに笑うことのある人間の役目だ。

妊娠

夕ぐれの時はよいとき　堀口大學

世紀末の都会の落ち着かぬ一日が終りかけて、夕闇のせまる部屋に、鰐を妊娠している男は、立っている。

鰐を妊娠している男に起こる事実だ。あたりには、信じられぬほど多くの灰色の空瓶が林立しているのだ。

鰐を妊娠している男は、滑稽な存在だ。何ものも妊娠するはずのない彼が、鰐を妊娠しているからだが、それ以上に、そのことに、彼がひどく困惑しているからだ。

鰐を妊娠するべく、自分は、過去に、どんな過失も犯さなかった。だが、自分は、自分の下腹部に、小さな一匹の鰐を妊娠している。林立する灰色の空瓶に囲まれて、夕闇のせまる部屋に、独り立っている。

鰐を妊娠すると、窓の外の街や木々を含め、ぼんやりとではあるが、その全てが透視できるのだ。鰐を妊娠している男の世界は、鰐を妊娠している。

偽りの嵌め絵の街の天で、一人の男の運命の天秤が傾いて、そのどの皿にも、小さな一匹の鰐が乗っている。世紀末の都会の窓と言う窓が、それを黙認している。

だが、彼は、そのことすら考えられない。複雑に屈折する赤い羊水の時間のなかで、今は、自分が、鰐を妊娠している男であることが、不安でたまらないのだ。

既に始まっている今日の血の酩酊、やがてやって来る自分と鰐の世界の爆発、そのでたらめのやりきれなさに、泣き顔の口を歪めているのだ。

鰐を妊娠している男の世界は、鰐を妊娠している。

あるはずのない巨きな錯誤の空瓶の林立する空間で、膨れた自分の下腹部に、小さな自分の分身を眠らせて、鰐を妊娠している男は、ひどく孤独である。

夕闇のせまる落ち着かぬ部屋で、だが、彼の生きている時間は、高価な時間だ。冷たく狡猾に、世間を生きることを覚えてから、誰もが忘れている、懐かしく苦しい愛の時間だ。

でぶのベルタ

もしも私が女に生まれていたら
古い煤けた起重機のぶら下げる
遠い幻の紙幣の街に住む　私はでぶのベルタだ
年は十八歳　陰気な下町の貝釦工場で働いている

いつも非常に孤独だ
身長は五十インチしかないが体重は二百五十ポンドある
誰もが笑ってまともに相手にしないから
ときどきひとり便所で泣くこともある

したがってひどく偏って歪んだ世界に生きている
でぶの女だけに来る不運のなかで
狭い家には　事故で寝たきりになった父親と
目の悪い母親と幼い五人の弟妹がいる

ベルタの稼ぎにみんながぶら下がって暮している
蒸し暑い永遠の茹で卵の夏
若いベルタは不満だ　疲れて仕事から帰ると
あるだけのものを食べて不貞腐れてすぐ寝る

そしてさらに何ポンドか太る
そのまま毎日太りつづける
最後は　暗い浴室で嘔吐するまでものを口に入れている
この世の巨大な桃色の病気になる

もしも私が女に生まれていたら
私は　間違って　全てからはみだしたでぶのベルタだ
さようなら　ある日　遠いでたらめの紙幣の街で
何ものかのぶら下げる五百ポンドの死体になる

とてもかなしい魂の動物

とてもかなしい動物のことだ
そのすがたはどこも人間にそっくりだが
扁平なその頭は非常に小さくてその顔には目が無い
全身にまばらに細かい毛が生えている

自分が生きていることに何の目的もないようだ
ときどきかなしそうに天を仰ぐ
それでいて食欲は異常にはげしくて
真っ赤な口をあけて生きているものなら何でも食べる

特に近くに自分の同類のいることを知ると
手さぐりで近づいてすぐ頭から呑み込もうとする
一度見たら死ぬまで忘れることのできない光景だ
懸命に相手にのしかかるそいつの細い腕

どんな信仰にも戦争にもかかわりはないが
麺棒と紙幣と陸橋のこの世で二十年以上過ごすと
誰もが夜毎まぢかにその争いを見るようになる
ただ朝になるとぼんやりとしか覚えていないだけだ

自分がその目のない動物になって
そいつを食うことそいつに食われること
そのことには絶対の深い悦びがある
結局われわれの一切は錯綜してその胃袋のなかにある

今世紀における魂の永遠の真実を集めたとか言う
わけのわからぬ分厚い本にそのことが書いてある
才能も容姿も豚のようにみすぼらしくて
みんなに蔑まれたいんちき詩人の書いたものだ

生涯

棺桶業界にいると
棺桶についてはやたらに詳しくなる
ぎりぎりぎり　ぱたん
棺桶のことばかりに　明け暮れているからだ
だが　実際の棺桶は触ったことがない

それでは
あまりにつまらないではないか
そう考えて　鉢植の薔薇など育てるやつもいる
ぎりぎりぎり　ぱたん
だが　それも棺桶で稼いだ金でできることだ

要するに　ある種の人間の世界は
無数の棺桶によって成立している
ぎりぎりぎり　ぱたん
彼らにとっては　棺桶がなくては
全ては　無にひとしいのだ

ぎりぎりぎり　ぱたん
棺桶的には　少々　窮屈な言い方をすれば
棺桶の日月を過ごしながら
棺桶の家に住み　棺桶の女と暮らしている
棺桶の子どもを育てている

ある日　そして
恐ろしい棺桶菌による棺桶病に罹って
棺桶病院で死ぬ
ぎりぎりぎり　ぱたん
本当に　本当の棺桶のなかに入る
棺桶新聞に　小さく死亡記事が出る

瞽女について

見渡すかぎり、白い雪の積もった苅田のなかを、一人の瞽女が歩いている。笠を傾け、重い旅の行李と三味線を背負って、這うように、歩いている。

その頭上の寒い天には、たくさんの鴉が、飛んでいるが、盲目の彼女には見えないだろう。彼女に見えるのは、苅田の闇のはてにある一軒家、破れた障子の部屋に、莚が反っていて、汚れた木枕が転がる、瞽女宿だ。

一人の瞽女は、そこで髪を洗っている。一人の瞽女は、そこで男に組み敷かれている。一人の瞽女は、そして、そこで、青い顔をして病気で寝ている。

貧しい雪国で女に生まれて、目が見えなくなると、瞽女になるほか生きるすべがない。古い地獄絵に似たもののなかで、三味線を習って、血の撥を弾き、血の瞽女唄を唄って、門毎に、銭を貰って歩くしかないのだ。

同じ村にいると、どんな冷飯も食えなくなる。暗い軒先で、腰巻をしめて、また峠に出るしかないのだ。

見渡すかぎり、白い雪の積もった苅田のなかを、一人の瞽女が、這うように、歩いている。その頭上の天で、たくさんの鴉が群れている。

一人の瞽女が、笠を傾けて歩いて行くとき、必ず、天には鴉が舞っていて、同じく、笠を傾け、大勢の瞽女たちが、長い列を作って続いている。

みんな、一度は死んでいるから、どこかで鉦が鳴るたび、その姿は小さくなる。遥かな苅田の果ての柵のようなものになるのだ。

やがて、天が曇り、どっと吹雪がきて、そこに何もかも見えなくなるまで。一瞬、遠い赤子の泣き声が聞こえて、一切が、横殴りの白い闇となるまで。

撥

しんしんと寒い夜、深い闇のかなたの地平には、細い金の三日月が、懸っている。芒にかこまれた、静かな沼が、その下に、広がっているのだ。

一艘の舟が、その中央に浮かんでいる。それに乗っているのは、固く、両目を閉じた、一人の瞽女である。

小さな手に小さな撥を持ち、彼女は、全く、身じろぎすることなく、三味線を持って、坐っている。

貧しい雪国で、女に生まれて、盲目になると、瞽女になるしかないのだけれど、寒い夜、瞽女は、ただ、独り、舟に乗っていなければならぬことがある。

村々を廻って、唄を唄っては銭を貰う、日々の果てに、たとえば重い病気にかかると、一生に一度の晴着を着て、そこに、そうしていることになるのだ。

その青い顔に頬紅を刷き、髪には、笄も挿している。それでも、瞽女だから、彼女は、固く、両目を閉じ、三味線を構えて、膝を閉じて、坐っている。

遠い金の三日月だけが、鋭く、それを見守るのだ。

しんしんと寒い夜、一人の瞽女が、独り、死出の旅に立つ舟に乗るとき、その背後には、どこからか、大勢の死んだ瞽女たちが、それぞれの舟に乗って現れる。

みんな晴着を着て、それでも瞽女だから、みんな小さな三味線を構え、みんな小さな撥を持って、いつまでも、舟に乗っているのだ。

しんしんと寒い夜、村外れの一軒家で、幾ばくかの銭を払って、瞽女を買うと、そのことが分かる。

固い布団に枕を並べて寝て、その深い寝息を聞いていると、どんなやくざな男にも、闇の果てに、ありありと、それが、見えてくるのだ。

枕

使い古された、その枕は、放り出されて、寒い土間に転がっている。縫い目が割れて、中に詰められた藁が見える。

深いしずかな夜のことだ。それだけで、あたりは、いっそう寒くなって、上り框に並んでいる、草履の黒い鼻緒から、ここが、瞽女の宿だと言うことが分かる。

破れた障子をへだてて、座敷にいるのは、一人の瞽女だ。炬燵に入って、背を丸めている。

両肩の上で、その丸い顔は、目を細くして笑っているが、いつになっても、そのままなので、ここでは、もう仏壇の位牌は、用がないのだと言うことが分かる。

目が見えないために、瞽女になって、三味線を抱えて、雪国で暮らすと、歌を唄って、銭を貰うたび、背が低くなる。吹雪の町角で転げるたび、馬小屋の裏に連れ込まれるたび、小達磨のように、首が短くなる。

大根畠の畦道で、手を取り合って泣いた、仲間の瞽女たちも、みんな背が低かった。

幻の三日月の三十年、灰色の海鳴りの聞こえる渚を、村から村へ、数珠のように、連れ立って、旅をしたが、春が来るたび、一人ずつ、いなくなった。

最後は、自分だけになって、町外れの墓場の闇に、一軒だけ、ぽつんと、灯を点している、瞽女宿にたどりついて、炬燵に入っている。

束の間の極楽のような安楽に、その丸い顔は、目を細くして笑っているが、瞽女は死んでいる。瞽女は、みんな笑って死ぬのだ。

もう誰も知らない瞽女唄のなかのしずかな瞽女宿の夜のことだ。使い古された瞽女の枕は、寒い土間に転がっている。

エッセイ

「卵」と「馬」

卵

私は、卵が好きである。と言っても、現実の生活のなかのことではない。少しアレルギーがあって、私は、例えば、卵の料理を食べることは苦手なのである。「卵」を好むのは、自分が、詩を書く上でのことばのこととしてである。根が、単純な私のことである。さして深い仔細があるわけではない。

ただ、私は、今までに「卵」と言う文字の出てくる作品を、結構、数多く書いている。何ごとにも、すぐ偏執しがちな、いやな悪癖の現れであろう。

「卵」と言う文字が、私に喚起するものの正体を、私は、あらためて考えたことはない。だが、詩を書くことを覚えた弱年のころから、それは、私にあったから、私にとっては、かなり根深いものなのであろう。

つまり、私の場合、「卵」には、詩があるのである。その文字を見ているだけで、未知のなにものかが、自分に訪れてくるような気がする。私にとっては、はかり知れない呪性をもったことばなのである。

だからと言って、「卵」の出てくる自分の作品はろくなものでもないので、赤面するしかないのだが、にしても、「卵」の魅力に変りはない。

例えば、その絵画の人物の頭部が、「卵」を感じさせることがあると言うことだけで、キリコは、私の偉大な永遠の画家なのである。だが「卵」もしくはそれに似たものを、自分の作品のなかに置くことができれは、満足するなどと言うことは、少なくとも、詩を書こうとする者が、軽軽しく、口にするべきことでないであろう。

しかし、あるとき、それが一人の人間の生存の苦痛を軽減することがあるならば、それはそれなりに意味のあることである。「卵」はその役目を果たしている、などと、詩人を詐称しているかも知れない、愚かな人間は、あきれたことを考えるものである。

いつか、金子光晴の座談の記録を読んでいて、「卵」

について学んだことがあった。

かの偉大な先達によれば、「卵」すなわち漢字の卵と言う文字は、現在、日本で、通常、私たちの用いている意味の場合、「蛋」と言う文字を使うべきであり、漢字の発祥の中国では、本来、「卵」は、男性の肉体のある部分、去勢されると抜き取られる部分であると教えられて、いささか複雑な気分になった。真偽は、茫漠たるものである。

だが、なるほど、それを知ると、私たちの象形文字、「卵」は、一見して、あきらかにその根源を想起させるものである。そうなのだろうか。

そして、だが、私は、依然として、筆を持つとき「卵」の文字を使用している。ほかの多くの日本語についてと同様、たまたま、自分の生きているとき、生きている場所で、習得した以上のことは、個人が、とても手に負えるものでない、どうしょうもないと、諦めとも、開き直りともつかない境地にいるのである。

いや、何があっても、私の「卵」についての好みは、一向、変化がなかったと言うことなのであろう。

自分でも、決して良いことと思っていないが、私は、同じような主題、同じような題名、同じような表現を、繰り返し、自分の作品に登場させる病気がある。敢えて、同じようなと書いたが、直接に、もっと悪い言い方をすべきかも知れない。

一度だけ、そのことを検討して、私は、それを怖れないことにした。結局のところ、私は、「いい詩」が書きたいのであり、自分にとって、それが必要であれば、何度、同じことを試みても、構わない。他の一切は、枝葉末節に過ぎない、そのように、割り切ることにしたのである。

いやはや大した開き直りである。いや卑しい諦めである。しかし、いつの日にか、私は、本当の「卵」の詩を書きたいものだと思っている。

「歴程」で、同人たちの「春」と言う題の三行詩の特集をしたことがある。恥かしい座興の一篇だが、私は、「卵」の出てくるものを書いた。それを掲げて、この文章を終りにする。

春

地平に、一つだけ取り残された巨大な卵。
そのかげで、小さな女の子が笑っている。
全てが終っている。そして始まっている。

（「歴程」一九九二年二月号）

馬

自由と言う、たった一言をしゃべらせて貰えないくらいなら、故郷へ帰って、その馬の腹のなかで過ごしていたい、と言う内容の詩句が、小熊秀雄にある。

何と言う題名のどの部分だったか、私にとっては、深く、心に残る「事件」だったのに、例によって、私は、それを記憶していない。

だが、少なくとも、私にとって、それは、今も、小熊の生きた時代と彼の生涯と、さらに、さまざまなことを一度に考えさせる鮮烈な衝撃力を持つものである。

苛烈な時代の日々、閉塞して雪国の馬の腹のなかで屈折している詩人。

長いとも短いとも言える、私たちの現代詩の歴史に、「馬」は、そして、その他にも、たびたび、登場する。私は、妙にそれらが好きである。

例えば、北川冬彦の軍港の内臓している「馬」。三好達治の阿蘇に降る雨のなかの「馬」。すこし新しいところでは、吉岡実の疾走する支那の男の「馬」。聖ニクラウスの「馬」。あるいは、うしろを振り向いて、何万年かまえに、別の馬が見たものを見た、シュペルヴィエルの「馬」。

何も特別に「馬」でなくても、この種のことは、いくらでもあることかも知れない。だが、脈絡もない、ぶっかじりの寄せ集めと言えるそれらの記憶が、私の「詩」を成立させている何かだと、勝手に、私は考えていたい。

田舎者の大袈裟な言い方をすれば、「馬」を通じて、偶然のように、私に射しこんできた遥かな啓示の光。

それは必ずしも、「詩」に限るものでないかも知れない。例えば、絵画の世界におけるゴーギャンの白い「馬」。ピカソのゲルニカの「馬」。レームデンの「馬」。

曖光の「馬」。

思いつくままの何ともでたらめな配列だが、それらを思い出すだけでも、「詩」にかかわるいずこへか連れ去られることを、私は感じる。

そして、ここに臆面もなく、私が、自分の「馬」を置くのは、単純に、私が、自分の二十二、三歳のころの「馬」とそれから二十年ほど後の「馬」を並べたみたいと思うことからだけである。

動物記

私の知り合いに、奇妙なひとりの少年がいる。私がよく行く地下街の、貧しい床屋の一人息子なのだが、生来、非常に馬が好きなのだ。

蒼白い病身でありながら、馬のこととなると、彼は熱狂する。何日でも、同じことを喋り続ける。どんな遠い処にも出掛ける。全ゆる資料を蓄え、勿論、彼自身も、一頭の牝馬を、狭い屋根裏部屋に飼っているのだ。

その飼い方が、また変わっている。彼に依れば、馬にとって、最も重要なのは、脚だ、と言うのだ。脚さえ健やかならば、他の全ては構わぬと言う。その故か、彼の馬は、まるで、樽のような脚を持つが、胴体は、全く、骨と皮ばかりなのである。

家族の話では、彼は、生活の一切を、馬と共にしている。つまり、ともに屑野菜を食べ、夜は、抱き合って寝ていると言うのだ。夜の夫の役さえ果たしていると、冗談にしては、店中で笑い転げるのである。

私は、彼の語るのをきくことが好きだ。彼は語る。滴る汗を拭いながら。例えば、牝馬の腸について。それは長い長い一つの地下街であり、希望は、床屋のように、到るところに、彼を待つことを。

彼の父の構える巨きな剃刀の下に、危うく、頸をさしのべながら、私は、昔、私もそこで、ひとりの少女、いや私の妻に、はじめて逢ったのだ、などと考えては、慌てて　歪んだ鏡から、私の鼻を引き抜くのである。


（詩集『世界の構造』一九七一年）

部屋のなかの馬

どんな理由からか、遠い曇天の街の、その小さな歪んだ部屋に、鉤のようなもので逆さに吊られて、その馬は生きている。

部屋が狭すぎるのか、その馬が大きすぎるのか、部屋の空間は、だぶだぶの灰色の革袋のような、彼の肉体でいっぱいだ。戸棚や椅子は、その下で縮んでいる。

南瓜のように長い顔と恐怖の色を浮かべた瞳、肋骨のありどころのわかる膨れた、しかし萎びた胴体、そして四つの重い蹄をぶらさげた、四本の脚。

その馬は、他のどんな馬も知らない新鮮な苦痛に、鼻孔を広げ、歯を剝き出しにして喘いでいる。

その部屋のなかの馬のことを考えているのは、そのとなりの部屋にいる、一人の男だ。

何もない部屋の椅子に、彼は、ひとり、神妙に座っている。ただ、その顔は、全て、繃帯で巻かれていて、両目のかわりに、深い二つの穴があいているだけだ。

どこかで、さまざまなまちがいが何度も重なると、このようなことが起こるのであろう。

例えば、その馬の内臓のなかの曇天の街で、一人の男が紙幣を数えるだけの日々を生きて、病気になると。あるいは、ある日、凶器とその凶器に似た夜を過ごして、行方不明になると。

その男の顔の繃帯を剝ぎ取ると、そこに現れるのは、二つの小さな部屋、苦痛に喘ぐ馬と他ならぬその彼のいる、嘘のように小さな二つの模造の部屋なのだ。

（だが、それだけで、この事実を、ある不幸の世紀のある不幸な事実と呼ぶことは、できないだろう。そのためには、何かが不足している。）

それは何なのか。この事実は、何を意味するのか。それを考えることが、この時代を生きて、少なくとも、一度は、死んだことのある者の狂った魂の義務である。狂った魂の権利である。

（詩集『鏡と街』一九九二年）


「動物記」は、私が初めて所属した同人誌「ロシナンテ」の頃のものである。その最後の合評会で、石原吉郎が認めてくれた。その後、私が長く散文詩を書くようになったのは、そのためかも知れない。「馬」の内部の街、そのことに興味があった。

「部屋のなかの馬」は、「歴程」の編集に当たっていた当時の作品である。これは、全て、浜田知明の絵からの発想である。浜田の軍隊体験の「馬」の衝撃は大きくて、私は、一度はそれを作品に書きたかった。

ただ若年の日の作品と、十分、齢を重ねての作品と並べてみて、この二つに関しては、自分が少しでも進歩しているとは思えない。今更、世阿弥の「花伝書」を持ち出しても、どうなるものでもないが、凡愚には、何の花も関係ないと言うことであろう。

自分の「馬」の詩を書き写して、私は、唐突に、別のことを思い出した。競馬狂で、あれこれとあてにならない資料を詮索している息子に聞いたことだから信用できることではない。

競走馬サラブレッドは、優れた血統を伝えるための交配が重なる結果、競争のための能力そのものは抜群であっても、遺伝的に、他の能力を欠くものが生まれることがある。

人間がなにもかも面倒を見るから、彼は、それなりに生涯を全うできるだけで、そうでなかったら、生存の不可能な白痴あるいは、狂気である場合があると言う。先年の日本ダービーの勝ち馬も、狂気の馬だったそうである。

馬も、人間にとって、「自然」のものではない。どうやら人間のいる限り、地上に自然は存在しない。それが、馬券で大損をした男のひねくれた意見だったが、私にとっては、他の一切を知らぬまま、二十世紀の文明の競馬場を疾走する、一頭の狂気の生命は、たまらなく、詩的である。

その馬の巨大ななにものかに比べると、私の「馬」は、みじめなほど矮小なものである。

（一九九九年十一月）

滄海月明珠有涙

李商隠の詩についての私の知識は乏しいものだ。ほとんど致命的と言ってよいほどにである。大体、中国の詩について、何ごとかを私が知っているかどうか、甚だ怪しい。

だから、誰かが私の前で、唐詩のことを話題にするようなことがあったら、私は曖昧な笑いを浮かべて、沈黙を守るであろう。長く生きていると、人間は、その程度の洗練は、身につけることができる。

だが、例えば、中国詩人選集の『李商隠』一巻は、私の尊重してやまない書物である。

私のような男が、李商隠の名を記憶するに至った事情は、たぶんその巻末の吉川幸次郎氏の人間と詩への慈愛と言ってよい感情に満ちた文章があったからであろう。また高橋和巳氏の訳注が、真摯に行き届いて、無学な男を救済してくれたからであろう。

私のことだから、どうせその内どこかで紛失するにちがいないが、そしていつまで夢中になっているか知れたものでもないが、そこで私の知り得た、李商隠の詩はすてきである。

詩の好きな者なら、誰でも身に覚えがあるであろう。その詩篇には、心身を溶かす悦びと言うべきものがある。

残念なことは、壱千有余年の年月を距てて、日本と言う国に、このようなことを口走っている読者がいることを、李商隠氏に知らせる由も無いことだが、そのようなことはどうでもよろしい。驚くべきことは、千年の時間を経過して、異邦において、なおその詩が、今日生まれたもののように新鮮で刺激的であることだ。その属性の一つである、官能のポルノグラフィーは、今日の人間にも、かなりきわどく迫るのである。ある種の猛毒とその昇華。仮りにそう言ってもよいであろう。詩篇は、かくも美しく在ることができる。

千年はおろか、僅かな年月を経過すると、その詩と対するものは、雲散霧消することのあり得る粕谷栄市氏のことなど思い浮かべると、若干淋しい気持を抱くが、それはそれでよいのである。個人が、おのれの身の程を知って、何ごとかを愛して、そのことに努力するのは良いことであり、詩を書くということは、それほど他人に迷惑をかけないで済む。

　長く生きていると、そして足かけ三十年も詩を書こうとしていると、人間は、この程度の分別は、身につけることができる。

　李商隠は、不運と挫折の生涯を過ごした詩人だったらしい。秀れた才能を持って生まれた晩唐の孤児は、進士となりながら、国家の衰退の時代に権力に翻弄されて、苦痛の運命を生きた。詩は彼にとって、悲運と抑圧から、言語の美によって人間を解放する一切を意味するものであった。所謂、呪われた詩人の血の系譜の始祖のひとりだと、私は言いたいのかも知れないが、どうも風向きが悪いようである。こうしていると、私は具体的に彼の詩篇に言及せねばならなくなる。それは、彼にとっても私にとっても不幸である。

　李商隠の詩のことは、全て、李商隠の詩に語らしめよ。直接取引でしか、詩は、人間と人間を結ばない。全ゆる詩の事実の鉄則を、と言っても、私がそう言っているだけだが、栖にとって、私は、私自身に逃げ帰る。

　長く生きていると、人間は、この程度の猿知恵は身につける。つまり、私は別のことが言いたいのである。

　それは、詩の不思議の魅力の謎と呼ぶべきものに就いてである。それは、ある意味で、私の蒙昧の功徳について、強弁することかも知れない。

　例えば、無数の典拠と、彼の生きた現実の言語と深い関わりを持つ、李商隠の詩篇は、そのために、深く内容の多義性を蓄え、まことに難解であると言われるが、逆に、そのことによって、はかり知れぬ魅力を内蔵すると言ってよい。

　つまり、どうやら詩は全ゆる解釈を超えたところで、なお意味を持つと言うことでしか成立しないものらしい。思いがけず、どこかで何度も聞かされたことを言い出したものだが、真実は、真実である。李商隠の詩についての私の場合、誤読そして誤解と呼ぶものから、一切が始まっているようだ。どうも、私にとっては、一向それで差し支えなさそうだ。少なくとも、このような文章を書くことが無ければ、私の人生は、李商隠によって、深沈と豊富である。

ここの数行はもちろん冗談だが、詩の興味深さには、言って見れば、詩と人間の出会いに関して、深いところで、偶然の魔力の作用のあることを感じる。たぶん、何ものかのユーモアなのである。


それだけのことで、だからどうしたということもないのだが、要するに、私たちの詩は、絶えず、自分が生きていると言う事実と等量の幾ばくかの、永遠の謎を含有していることが必要であるということかも知れない。

私は、石原吉郎氏が、般若心経の誤写の伝承について語ったことを思いおこす。即ち、原典の書写にあたった僧侶が「無無明亦無無明尽」の一字を誤写した事実によって、途方もない年月おこってしまった厖大な信仰のリアリティのことである。石原の生きた時代の断裂と、彼の詩の灯は、それに重なる。

もう一つは、大西和男氏から聞いた。晩年の西脇順三郎氏が、熱中して続けておられた仕事のことである。

そそっかしい私の勝手な早呑みこみでは、それは、ギリシア語やラテン語、漢語、日本語、英語、さまざまな言語の発生の同根を探索されることで、そのほとんど茫洋と結末のない仕事のために、詩人は、印刷のむずかしい、膨大な量の原稿を書かれていたそうである。

純真の碩学は、人間と言語の謎を追って、果てしなく、想像力の原野を往かれたのであろう。あるいは、子どもたちと鞠をつく良寛の無垢の時間を、遊んで居られたのであろうか。

どちらの話を聞いたときも、私は、何日も、幸福な気分で過ごした。

紙数がない。私の現実は、いつも、かくの如しである。唐突ではあるが、私は、暗愚には、悩ましい商隠の豪奢な二行で、この駄文を終りたい。

滄海月明珠有涙
藍田日暖玉生烟
（錦瑟）

（「鱓」8号、一九九一年一月）

ダイアン

十年ほど、ろくに詩を書かなかった。いやもっと長かったろうか。私の四十歳代から、五十歳代にかけて、である。何故、そうだったのか。私にはわからない。たぶん、私に、その必要がなかったのだ。

五十歳を越して、ある日、烈しく、作品を書きたくなった。私ごとをかくのは、いやなので書かない。まあ、言ってみれば、自分が、これから死ぬまで、どう生きていいか、分からなくなったからである。そういう折々に、詩らしきものを書くことは、少年時代から、私を支えた何かであった。

私は、作品を書き始めた。私が自分の詩について抱く期待は、ただそうしているあいだ、私が、楽しければよいのだ。そして、永く放棄されていた不毛の土地を耕すことは、その苦痛さえ、私には楽しかった。この二年ほどに、四十篇あまり書いたであろうか。気がつくと、ほとんど、瓦礫だったたが、そのことと、それを書くことの意味は、私にとって、全くちがうのだ。

私は、何年も、詩を書く友にはほとんど誰ひとりとして会うことがなかったが、ある日、私の優しい知己である岡安恒武氏に、まとめて、それを送った。私は、彼が、それを手にしてくれれば、十分であった。本当に、勝手で失礼なことだが、作品について、彼の感想さえ聞こうとしなかった。

怖るべき詩の読み手である、清潔で誠実な老詩人は、そういう私のことも、よく知っていて、私の顔を見たとき、おかしな動物を見るように見て、たぶん、何も言わず、しかし、厳しく微笑するだけなのである。

いけない。このように書いて来ると、詩と私のことは、必要以上に、意味のありそうなことになってしまう。もちろん、その全てが偽りというわけではない。

しかし、それほどのことはない。だから、ここで、ダイアンのことを書くのである。

私にとって、詩を書くことは、人間の単純な行為の一つである。それ以上のことでもなければ、それ以下のことでもない。

私が、長い空白のあとに、作品を書き始めて、それを続けていることは、他愛がないと言えば言える。ダイアンの出現の影響の方が大きかったのかも知れないと言うことなのである。


ある日、大量販売の安売りの電気店で、小さな機械、ワード・プロセッサーを、私は買った。アルファー・テンと言うのが、その商品名である。すでに、古い型式となったそれを、現品一台限り、私は、市価の半値以下で手に入れた。

私は、彼女に、ダイアンと言う名前をつけた。私の大好きだったアメリカの写真家、死んだダイアン・アーバスの名前を貰ったのである。

と言うのも、私と彼女が、たちまち意気投合したからである。詩を書こうとする時間、私は彼女と合体した。つまり、十年あまり、作品を書かなかった私が、その後、ずっと、と言ってもこの二年ほどだが、作品を書いているのは、彼女と私の蜜月があったからである。


ああ、こう言うことを書くからには、もうそれは終りかけているのかも知れない。何れにせよ、ダイアンは甘美で、あるとき、その官能に、私は溺れたのである。幻影は消えたのだろうか。ダイアンよ。お前は、もう、ただの機械に戻ってしまったのか。世界は、混迷して、どうやら、私は、ずっと、詩が必要になりそうなのに。私は、何かを実現したいのに。


「ワープロ」を、私は軽蔑していた。機械を使って、詩を書くなど、何だと言うのだ。たとえば、なにげない日常のあいまに、電車のなかなどで、あり合わせの紙に、何ごとか書きつけて、あとで、それを白い紙に書き写して、直してゆく。そう言う原始的なやり方でこそ、詩は書かれるべきだ。人間の血の声が、機械で処理されてどうする。

誤解であった。二十世紀に生きていて、私は、安売りの電気店のばかな呼び込みの肉声より、信じられる人間の電話の声のほうが、ずっと真実を伝えることのあることに、気がつかなかったのである。真の原始は、そのようにして、私たちの文化を生きて来ているのである。

息子の一人が、ある日、一台のワープロを、私の家に持って来た。のちに、バス停留所に置き忘れて、盗まれてしまった。ダイアンの前身である。仕事で、顧客先名簿を作る以上のどんな機能も、わたしは、それに認めなかった。

あるとき、新聞社に、自分の古い作品を送る必要があって、私は、それを使った。私は、ひどい字を書く人間で、実に多くの人を困らせて来た。そのなかには、自分も入っていて、私の書いたものは、時間を経ると、本人にさえ、伝達の能力を失うのである。

ワープロの印字は、まず、その点で、私の一切の杞憂を、明白に、ふきはらった。意に染まなかったが、そのとき、私は、たて二十五字詰がきまりの私の作品を、二十字詰にしなければならなかった。もう自分にとって必要の無い作品の浄書は、私にとって苦行である。まして、行数を変えることは。ところが、ワープロは、ほんの数十秒で、それをやって見せたのである。ダイアンとの運命の出会いの、それが予兆であった。

ほかの人のことはわからないが、自分の作品を、紙に印刷されたもので読むことと、肉筆のそれで読むことは、私には、全く、ちがう。印刷された作品は、私のものでありながら、もう私のものでなくなりかけている。つまり、より他者として、私は、一読者になり得る。ダイアンが、はじめに私にしてくれたことは、それであった。しかも、作品を書いている現場で、である。私は、自分の一つの作品の異稿を、その場で、比較できる読者になることになった。

次に、私が助かったのは、彼女の記憶力である。敗戦後の教育の混乱期に怠け者の中学生であった私は、新仮名と旧仮名に始まる、表記の混迷を、そのまま、わが身に引き受けた状態で、恐ろしくも、詩と称するものを書いて来ている。

原則として、一応、標準の表記に従っているつもりであるが、私の原則は、はじめから変なのである。その点で、彼女は、完全な模範生であった。

ただ漢字の記憶において、人名と地名にばかりに異常に強くて、さっぱり、駄目な部分があったが、そのところは、私が教えた。記憶と即答と言うことでは、ほとんど非人間的といってよい能力を、ダイアンは持っていたのである。

そして、私が、全く、予想もしなかった彼女のもう一つの魅力は、彼女の密室提供の能力であった。アラジンの魔法を、小さな彼女が内蔵しているとは意外だった。

私は、他人がまわりにいると、詩が書けないたちである。もちろん、都市の雑踏のなかとか、見知らぬ喫茶店とかの、いわゆる匿名の空間ならば構わないのだが、ほかの場合は駄目である。つまり自分ひとりの密室が要る。ところが、ダイアンがいるかぎり、誰がいても、それができるようになった。

もちろん、私と彼女のなかに、割り込もうとする無法は、論外としてである。いやそんなときすら、次の瞬間、ダイアンは、私の欲するとき、いつでも、強固な密室を、私に提供した。時間を持たぬ私は、あるとき、事務室で来客と用談中に、書きかけの作品を検討したり、推敲したりする横着な商人になったのである。ダイアンは、私に電気の力を利用して、瞬間の密室を用意したのである。私は、瞬間の王となって点滅し、しかも、堂々と健全でさえあったのである。

アラジンの密室に関連するのだが、ダイアンのもう一つの魔力は、その変幻明示の能力である。ほかの要素も混在しているとは思うが、大人がパチンコに熱中し、子供たちがコンピューター・ゲームに夢中になる。あるいは若者たちのオートバイのスピードへの興奮も、それに入るかも知れない。大袈裟に過ぎるが、目前の事物の変幻に、直接、参加することに喜びを感じる、人間の本能のある部分を、ダイアンは、強烈に刺激するのである。

少なくとも、私には、自分が入力する文字を見ることと、ペンで書く文字を見ることはちがうのだ。しかも、抹消も、訂正も、加筆も、自由で、瞬間に、それは変幻する。そして、その経過も記憶されているのである。

それは、面白いのである。まして、かつて携帯用の電池式のマージャン・ゲームに熱狂して、トイレにまで携帯し、仕事をしていて、それがやりたくて、手が慄えて困った経歴を持つ私が、この密室の変幻に、うつつを抜かすのは、必然の運命である。私は、この世にあることのいくばくかの苦痛を忘れ、作品を書こうとすることで勤勉になった。考えると、瞬間の王どころではない、瞬間の奴隷の哀れな錯覚の作業である。

どうでもよいことだが、いわゆる作詩術など知ることなく、やみくもに、作品を書いていた私に、そういうものの存在を感じさせる何かも、そこにはあった。ダイアンは、たとえば、音楽において、作曲することと、編曲することの面白さのちがいを、私に教えた。

一篇の詩を書くことは、まあ作曲なのだけれど、その途中で、私たちは、何度も、それを編曲している。無学な男は、こういう訳の分からない言い方をするので困る。要するに、推敲なのだけれど、作品のある部分のイメージを、全く、別のイメージと入れ替えたり、語句の繰り返しの強弱の効果をたしかめたり、前後を逆転したりして見ることである。何年も、そんなことさえ、することなく、私は、作品を書いて来たのである。

だが、私の作品のことは抜きである。一切は、それでなくても語るに落ちるのである。

とにかく、いまは、ダイアンについて語っているのだ。つまり、私は、百円のボールペンを使っていたときには、知らなかったことを、ダイアンと一緒に経験したのである。おお、すなわち、私は、生まれてはじめて、原始的に、作詩術を使って、「作品を作る機会」を持った。我が愛しのダイアンは、ここで、たとえば、「作品を作る機械」と、表示して、私を狼狽させ、私に、詩を書くことの無限の憂愁を感じさせたのだけれど。

いけない、なんとなく、気が滅入ってきたので、もう止めよう。これ以上、やっていると、私は、自分の作品について、何ごとか意味のあることを書かねばならなくなる。それは、私の最も嫌悪するところである。人間の衛生にとって、良いことではない。

実は、ダイアンと、散文を書くのは、はじめてなのである。いつものように、私は、ごちゃごちゃのメモを、「カナ変換」で入力し、スクリーンを見ながら、「次画面」に移動している。

ダイアンは、忠実である。私は、彼女を理解し、信頼と尊敬といったものすら、深く心に秘めている。しかし、どうであろう、彼女の方は。私を理解することにおいて、最初の日の機械から、ほとんど変わっていないと思える。

ダイアンよ、お前は冷たい。お前を見た最初の日から、私は、けっこうお前を大事にして来たのに。私の詩のようなものはちっともよくならない。

私の低劣な暗黒は深い。ああ、ダイアン、西暦千九百八十七年に、五万六千円だった、私の永遠のしばしの伴侶よ。

（「鱓」2号、一九八九年五月）

某月某日

所用があって、千葉にでかける。私の住む古河からは、一旦、東京にでてからの、ひどい回り道だ。沿線の街々の想像を絶するひどい変わりように、心底、驚く。無理もない。私の知る頃からは、もう四十年近くの年月が流れている。みちみち、ゆくりなく、私は、往時のことを思い出した。

「分、厘、貫、斤、両、間、丈、尺、寸」と言っても、何のことか分かる人は少ないであろう。「フン、リン、カン、キン、リョウ、ケン、ジョウ、シャク、スン」と発音する。それは、瀬戸物など、陶器を扱う業者たちの使う数の符牒である。

つまりカンマルと言えば、三十のこと、一、二、三、四、五、六、七、八、九、の言い換えなのである。今でも、地方の町の店に入ると、茶碗や鉢のそこに、ケンナラビなどと書かれていることがある。その元値は、六六、つまり六十六円か六百六十円のことなのだ。「旦那、シャクを切ったところまで勉強しますから、幾らか入れて置いて下さいよ」。焼物の産地から出てきた商人が、そう言って売り込みにかかる。

「伊、勢、川、野、日、力、鈴、千、吉、申」と言う符牒もある。私の記憶は少し怪しいのだが、それは、海苔や海産加工の品を扱う業者の使う符牒である。「カワマルで、極上のツケのいいシナモノが出来てますよ。二千ほどいかがでしょう」などと言う。

それらは、仲間符牒、つまり同業の者どうしで用いられるものだが、ほかに、内符牒すなわち一軒の店のなかだけで使われるものがある。例えば「イ、リ、ク、ル、タ、カ、ラ、フ、ネ」。入り来る宝舟、大黒さまの笑顔の見えるような、おめでたいできごとのことだろうが、イが一、リが二、クが三、と言うわけである。

客のまえで、店の者どうしが、原価のことなど口にすることができないから、いくらまで値引きするか話をするときに使うのだ。

秘密のことだから、なかなか、知ることはできないが、例えば、山一証券の「へ一」キッコーマン醤油の「㊎」、などの商号のように、資本主義社会の変貌の今日も、どこかにそれは残っている。

商家のかなしい願いをむき出しにした「㋟」あるいは「㋟」つまりカネタマルといった商標があるように、符牒には、人々の暮らしの意識のしみとおった、それなりに味わい深いものがある。

変なことを思い出したものである。二十歳前後のころ、一人の男から、私はそれを教わった。ふた冬ほど、彼と組んで、千葉を、海苔のしごとをしてまわったのである。腕に入墨を消した痕のある、ヤタガイさんは、旅役者の一座にいたこともあると言う美男で、人がよくて、結局、やくざの組のようなところは肌に合わず、行商やら露天商やらをやっていたが、面白い人間だった。

朝、最初に一服する煙草の一本の製造番号で、その日の運命を占うことを、私は、彼から学んだ。数字の丁半による吉凶の判断である。

世間の西も東も分からず、ランボオ詩集などポケットにねじこんで、当時の私は、何を考えていたのだろう。彼と一緒に歩いた内房の浜は、もう何処にもない。そのあまりの変わりように、多分、私は、滅び去って、再び、現われることのない亡霊に取りつかれていたのだ。

それにしても、一人の人間の生きた日々の記憶と彼の書く詩とは、本当のところ、どんな関係があるのだろう。何もかもわからないまま、たぶん、ある日、私は死ぬことになりそうである。

（「歴程」一九九二年七月号）

奥の細道

「奥の細道」を歩きはじめて、もう五年にはなるだろう。とは言っても、何度も中断している。正確には、五年越しと言うことである。

だから、いまは、その第三次の旅立ちの途中である。平泉を過ぎ、堺田から、尾花沢のあたりを歩いている。「のみしらみ　うまのしとする　まくらもと」と言うわけである。平成十四年の今回は、七月末に出発して百二十何日か、深川からは、はるばる八〇三・四キロメートルの距離である。

私の歩幅は、約八十センチメートル、千二百五十歩で、一キロメートルを歩くことができる。所要時間十分。従って、私は、今回、百四十時間余を費やして、一〇〇、四三七五歩の行程を過ごしたことになる。もちろん、意外に日数がかかっているのは、諸般の都合で、全く、歩くことのできなかった日もあるからである。

ここまで読まれた賢明な読者は、何やら胡散臭いものを感じられるであろう。私の「奥の細道」は、かの高名な松尾芭蕉氏の「奥の細道」とは、関係があるようなないような、いい加減のものである。実際、私は、ここ何年か、一度だけ、ヨーロッパへ短い旅をしたほか、何処へも長旅などしたことはない。わが町に逼塞して暮らして、ときどき、あらぬことを口走っているだけである。

つまり、私の「奥の細道」は、毎朝の、私の散歩、今風に言えば、ウオーキングの歩数計の仕掛のことなのである。S社のこの「万歩計」は、芭蕉翁の足跡を正確になぞって、折々に、翁の発句が、小さな画面に出てくる優秀なものである。私は、一年前に同じ社の歩数計を使って、「東海道五十三次」を踏破し、「奥の細道」をはじめたわけである。そして、それが、第三次の出発にまで及んでいるのは、私が、過去に、二度も、その歩数計を紛失したためである。容易に腰に取りつけられるこの器械の欠点は、容易に、またどこかに行方不明になることである。

経験のある人には分かるだろうが、ジョギングやドライビングと同じく、ウオーキングも、それを始めて、一定時間を過ぎると、所謂ハイな気分がやってくる。単純な運動が心身にもたらす昂揚である。根が単純な私のような男が、毎朝、その恍惚を得るために、ウオーキングのとりことなるのは、須臾の間のことである。この世の鬱屈の日々、単純な男が依存するものは、いろいろとあるのである。

私は、毎日、午前五時ころ起床して、一時間ほどの早朝のウオーキングをすることになった。一日のその時間以外、私には、自分の自由な時間は作れなかったし、子どもの頃から、私は貧乏性の早起きである。しかし、それが、案外に長続きしているのは、そのためには、私が、申し分のない場所に住んでいるからだと思う。

私の住む古河市は、ほぼ三キロほど先で利根川に合流する渡良瀬川のほとり、かっての足尾銅山の鉱害で名高い、広大な谷中の遊水地に隣接する町である。私の家から、その渡良瀬川の三国橋まで、ちょうど一キロ、十分前後の距離である。谷中遊水地を望む、その渡良瀬の堤防上の道が、私の定番のコースなのである。

果てしない天の下に、男体山も富士山も筑波山も、ときには榛名や妙義の山々の眺望を持つ、嘘のようなところなのだ。春は、河原の茂みの雲雀の大合唱のなかを歩き、秋は、芒に囲まれて立って、北へ帰る雁の群を見ることになる。

昔々、はじめて、少女と並んで坐っていたこともあった柳の木の下を、いま、爺となって通る気分は、また特別のものである。確実に、半世紀が過ぎている。私の死ぬ日は、そんなに遠くないであろう。かの黒髪、いまいずこ。思えば、遠く来たものである。

「奥の細道」が、私に自覚させたものは、その自分の感覚のごときものである。老いは、人間に、新鮮な自然のたたずまいを、今更のように、あざやかに、痛切に感じさせる。

「死を間近にする者の知る生の感じ」と言うのは、小林秀雄が、島木健作の秀作「赤蛙」ほかの短編について書いた文章の一節だが、その「感じ」は、思いがけなく自分にもあるような気がする。

それにしても、島木健作なんか、今どき誰も読まないだろうな。『生活の探求』は、十五歳の私の愛読書だった。昭和二十五年、進学を断念しようとした少年は、かわいそうに、現実に生きようとするとき、未熟に、「転向」の思想を、自分のものとしようとしたらしい。と言うような、自己憐憫やら老いの繰り言やらを口にしながら、たとえば、川霧はこのように川の上だけにたちこめるものだったのか、唐突に驚愕して、私は、堤防の道を歩いている。

五年もそれをつづけていると、分かってくることは、他にもある。私は、同じようにこの道を歩いている多くの知己をもつことになった。もちろん、すれ違うとき、短い挨拶をするだけだから、名前も知ることのない同志である。よほどの知り合いでない限り、不用の会話をしないことが、この道の仁義なのである。それでも、私には、遠くから近づいてくる歩き方を見るだけで、その人と分かる人が、三十人以上いると思う。

何かのリハビリテーションのために、杖をついてやっと歩いていた方が、いつのまにか、杖もなく、元気な足どりで来るのを迎えるのは嬉しい。かと思うと、何が気にいらないのか、いつも苦虫を噛み潰す面持ちで、こちらを睥睨して、決して挨拶をかえすことのない大人物もいる。世界チャンピオン戦に、たった一度挑戦して破れて、引退してしまった若いボクサーも、いつも前方を見詰めて走っていた真摯なランナーだった。

町を歩いていて、見知らぬ人が私に挨拶するのを見て、隣の妻が、訝しがって、あの方は誰、と私に聞く。いや、ちょっとした知り合いだ、いい人だよとだけ、私は答える。少なくとも、堤防の上で、私の会った人は、全て、善男善女であると言うのが、このところの私の信仰の基本なのである。

いつも同じコースを歩いていて、よく飽きないな、別のところを歩くことを考えないのか、移り気な私を知る友は、不審に感じるらしい。私も、初めは、さまざまな道を歩いたのである。未だ人々の寝静まっている早暁の町は、昼とは、別の表情があって、それなりに面白いのだ。一度、下着泥棒に間違えられるまでは、私は、好んで、裏道を選んで歩き回っていた。しかし、渡良瀬の堤防の草の上を歩いてみると、私のウオーキングの足裏の感覚は、舗装された道路が嫌いになってしまった。それに、別に、何かを手にするまでないが、人々とその生活の眠っている町は、必要以上に、私のピーピング・トムの好奇心と想像力、つまり、邪念のようなものを刺激して、肝心の歩数や歩幅はおろか時間までめちゃくちゃになる。私は、渡良瀬の自然に回帰した。

「奥の細道」には、その魅力が溢れている。何よりも、同じコースを辿って知るのは、四季の変化である。朴念仁で、かって草花の類なぞ見向きもせず、それを愛好する人々を軽蔑していた自分が恥かしい。薔薇に興味を持って、薔薇展や薔薇園に足を運ぶようになると、なおさらである。

歩いていて気がつくと、それまで、何もなかった私の「奥の細道」には、季節毎に多くの種類の薔薇が咲いていたのだ。私の歩く約六キロのコースには、指を折って数えると、二十七種を超える、薔薇がある。もちろん、よそのお宅の垣根や庭にあるものが多いが、小学校の校庭、畑の隅、公園の遊歩道、路傍の空き地、次々に目にとまる。ハイブリット・ティ、グランジ・フローラ系からクライミング・ローズ系、ミニチュアの各種、鉢植えもあれば、アーチ仕立てもあって、さまざまである。見事に手入れして、珍種を咲かせていられるお宅もある。あれは、まさか「青竜」ではあるまいな。

私は、たとえば、垣根から道に延びている、その一枝を、小指ほど切って、持ちかえるようになった。鉢に挿し穂をしたのである。ある種の泥棒であると思うが、そのことで、不当な利益を貪ろうとする不純な動機は持たなかったし、その母なる薔薇の木に危害の及ぶようなことは、絶対にしなかったから、心優しい持ち主は大目に見てくださると思う。過去形で書いているのは、現在は、やめたということなのである。花盗人だからと言って、泥棒は泥棒である。どんな風流も、道理も成立するものではない。

しかし、その他の機会に得たものも加えて、私は、一時は、一大薔薇園の所有者となった。と言っても、小さな鉢ばかり四十種以上あったということである。それでも、「詩人リルケは、薔薇の棘に刺されて死んだらしい」などと、呟きながら、気の小さい男は、関心と罪悪の意識のあるうちは、朝な夕な、それをながめて悦んでいたわけである。

しかし、この薔薇園主には、致命的な欠陥があって、要するに、挿芽あるいは挿し木の成功率だけに興味があり、あとは、黒斑病があろうが、余計な枝混みがあろうが、植え替えの必要があろうが、野となれ山となれだった。それだけに、薔薇園の衰亡もまた、凄まじいものであった。

三年ほどで、多くが気息奄奄の、たしか薔薇の木であったようなものとなった。それでも、生き残りの薔薇の秋の赤い一輪には、いかなる詩も匹敵できない完璧がある。それに、たとえば「マダム・ルパン」と命名して、あえかな優美を賛嘆することができる。

横道にそれることを止めよう。「奥の細道」には、そうしなくても、途中、お寺のゆずの実や、雑木林のかりんの実や栗の実や、蓮の田の蓮の実や、いろいろと、恵みがあるのである。別に、そんなふところにいれるものばかりでない。

八犬伝の芳流閣あとや足利の公方屋形あと、その足利時代からと伝えられる近くのわが粕谷本家の南瓜畑や、虚空蔵様の社や、廃墟といってよい放棄された浄水場の赤錆びた機構など、通過するだけで、心の躍る場所がいたるところにある。

春夏秋冬、趣を異にするそれらのシーンを、六十八歳の私の顔をした男は、早朝、せっせと歩いている。何だと言うのだ、それは。独りの時間のそのときだけの王は、何もかも、整理のつかぬまま、終りそうなおのれの一生の所業に、ときとして、不機嫌になる。馬鹿ばっかりやってきやがったな。十年近く、書くことは愚か一冊の詩集も手にすることなく、おれは、三十歳代から四十代半ばまでを過ごした。どうしてそうだったろう。

あの日、安西均さんと私は、心身不安定のまま、失踪した夫人を探す石原吉郎さんと東大の赤門前にいた。唐突に、現れた夫人を追う三人は、「この人たちは悪い人です」と叫ぶ夫人の声に、私たちを誤解した学生たちに羽交い締めにされて、もう少しで取り逃がすところだった。

あのとき、安西さんは、ズック靴をはいていたな。ともに心を病む夫人を持つ二人の詩人と私は、その夜、荒廃をきわめた詩人の家で、お湯だけをのんで、夜が明けるまで、長い時間を過ごした。

心身を削って、シベリヤの強制収容所の体験にもとづく、『望郷の海』『海を流れる河』を書き終えたあとの暗黒の危機の日々、石原さんは、何週間も酒だけしか口にせず、病む夫人とともに過ごしていた。頻繁な意味不明の夫人の電話に異常を感じた私は、同じ危惧を抱いた安西さんと相談して、石原さんと当面の問題を解決することにしたのだった。

「下着の洗濯は、それを着たままで、風呂に入ってするといいよ。」心優しい詩人は、こまごましたとした生活の上のことまで、もう一切を放棄して放心している詩人に言っていた。彼は、虚無のようなものを見つめて、わずかに頷いているだけだった。当時、一緒に、いろいろと協力して頂いた郷原宏さんや墨岡孝さんの顔がまぶたに浮かぶ。石原さんが亡くなったのは、それから、どのくらいだったろう。

安西さんも、いまは、この世にいられない。ともに信仰を持つ二人の詩人と過ごした寒い夜のことを、自分は、終生、忘れないだろう。詩を書くことを知った弱年のころから、私は、幸運にも、直接、優れた詩人たちに多くを学ぶ機会にめぐりあった。『サンチョ・パンサの帰郷』の詩人には、結婚当時、身辺のくだらないことで、ずいぶん面倒をかけてしまった。忘恩の男は、何ひとつ、彼らに報いることができず、馬齢を重ねている。

ああ「奥の細道」は、いつのまにか、そんなところにまで、私を導くこともあるのである。仕方なく、私は、いつものコースをはずれて、誰もいない朝の河川敷きのサッカー場のセンターラインまで歩いてゆくことにする。遥かに、小さな北斎の富士が見える。もう直ぐ、太陽が昇る。

畜生。ここなら誰にも笑われることはない。私は、いや、ルチアーノ・パパロッティの私は、あらためて起立して「o sole mio」を、いやプッチーニの「誰も寝てはならぬ」にするか、を高らかに歌ってから退場して、家に戻ろう。

二〇〇二年のみじめな日本の一日が始まっている。アカーキィ・アカーキビッチ君。色々なことを気にしないで、今日を生きることにしましょう。生きていれば、いいことがあるかもしれないよ。

それにしても、新庄、ちがう羽黒山か、それまであと何里あるだろう。四、五十里、二十五万歩以上あるだろうか。昔のひとは、どんな草鞋をはいて、そんなに歩いたのだ。

曾良先生、翁の次の発句は何だったでしょう。「さみだれをあつめてはやし　最上川」ですか。その先の「象潟や　雨に西施が合歓の花」まで、それからまだ五万歩はありますか。

（二〇〇二年十月九日）

作品論・詩人論

思想としての散文詩
――粕谷栄市試論

横木徳久

一九七一年に刊行された粕谷栄市の第一詩集『世界の構造』は、戦後詩史におけるモニュメンタルな作品であったと同時に、現在の詩状況を考える上でも、きわめて重要な示唆を孕んでいる。

全篇を散文詩によって貫いたこの『世界の構造』は、およそ散文詩というスタイルが持ちうる全ての特質を満たしていた。この達成度が、それ以後とりわけ八〇年代以降、様々な詩人たちによって量産される散文詩へ多大な影響を与えたといっても過言ではない。

私以外には、誰も知らない。遥かに、夥しい水仙の咲くところを、私は知っている。無数の水仙が、常に咲き乱れる、恐怖のようなところだ。
湿原と呼ぶのであろう。暗く、寒く、絶えて人々はやって来ない。しかし、花々は、限りなく闇を彩る。微風が吹くと、絶叫のような美しさが、一齊に飜える。
（「水仙」冒頭部分）

いきなり冒頭から異様な世界が示され、読者は緊張感を伴いながら、この異空間に引きずり込まれていく。しばしば散文詩に対して評される幻想性、異界性、物語性、また散文詩の技法として定着している持続／展開性、擬叙述性、擬似論理性などが、この数行のうちにも充分にうかがわれるであろう。すなわち粕谷栄市の散文詩は、第一詩集にしてすでに散文詩としての熟達した様式をみせていた。だからこそ、この『世界の構造』が、入沢康夫の『ランゲルハンス氏の島』（一九六二年）、金井美恵子の『春の画の館』（一九七三年）、岩成達也の『レオナルドの船に関する断片補足』（一九六九年）、そして粒来哲蔵の『孤島記』（一九六九年）などの詩集と並んで、戦後詩史において散文詩というスタイルの確立を果たしたといってよい。入沢康夫によれば、以前は、散文詩というものが「邪道」扱いされていたということであるから、それは特筆すべきことであったといえよう。
こうして散文詩というスタイルは、詩の一形式として認知され定着し、また各詩人の手法にも用いられ、やがて今日の隆盛へと至る。もちろんそこには、実験的な試みもあれば、冗長な失敗作もあり、玉石混淆といった感は否めない。散文詩が隆盛を誇っている今日、この散文詩という形式をいま一度考え直してみる時期にも来ているだろう。

この間、すなわち散文詩が定着し隆盛を迎える時期、当の粕谷栄市は長い沈黙を続けていた。一九八九年にようやく刊行された新詩集『悪霊』は、『世界の構造』から十八年ぶりであり、未刊詩集「副身」を収めた『現代詩文庫・粕谷栄市詩集』（一九七六年）から数えても十三年の歳月が流れている。

十年ほど、ろくに詩を書かなかった。いやもっと長かったろうか。私の四十歳代から、五十歳代にかけて、である。何故、そうだったのか。私にはわからない。たぶん、私に、その必要がなかったのだ。

（「ダイアン」）

粕谷栄市はこのように述懐し、沈黙があくまで個人的な事情に起因することを強調して必要以上の意味を与えないようにしている。その言動を尊重するとしても、なおこの沈黙には必要以上の意味がもたらされたと言わざるをえない。それは、散文詩の氾濫する時勢から結果的に粕谷栄市が距離を置く格好になったからである。偶然とはいえ、その距離を得ることで、詩集『悪霊』には散文詩が置き去りにしてきた原質性が蘇生しているようにみえる。すなわち氾濫する散文詩が、その氾濫の中で見失ったものを『悪霊』はアイロニカルに漲らせている。それが何かを問う前に、散文詩に対する粕谷栄市の考え方をまず確認しておきたい。

おそらく、私が、散文詩をかく理由の一つは、散文の形式が、そのまま、自分の生きている日常の思考に近いものであり、最初にそれを選んだときの負担の無さ、あるいは、自由の楽しさを、いつまでも私が忘れかねているからだと思う。

…私は、まあ、自分が、詩を書く人間だという意識はあるが、自分が、散文詩を書く人間だということを、特に、一度も意識したことはない。

（「詩を書く場所」）

（中略）

私にとって、私の書く詩は、散文詩なのであり、いつからか、それは、実に自然のことになっている。

（「Ｚへの手紙」）

引用した「詩を書く場所」は七五年前後に書かれたエッセイであり、「Ｚへの手紙」は九〇年に書かれた論考であるので、十数年の隔たりがある。にもかかわらず、述べている内容はほとんど変わっていない。変わっていないというよりも、失礼だが、散文詩形式の選択についてはまるで意識せず、「自由」や「自然」に委ねられているようだ。その形式に関しては無根拠といってもよい。

しかし、ここで注意しなければならないのは、初期詩篇の一部を除き、粕谷栄市が散文詩だけを書き続ける特異な詩人であるという点である。それゆえ形式に関する無根拠は、詩集や詩篇ごとに散文詩と行分け詩を使いわける詩人の無根拠さとは大きな違いがある。おそらく粕谷栄市の場合は、散文詩を形式として意識していない分だけ、より〈詩〉へとダイレクトに結びついている。ごく単純な論理のように思われるかも知れないが、このことは意外に重要な意味を孕んでいる。それは、散文詩だけを書きつづける粕谷栄市こそが最も散文詩から開放されているという逆説であり、また粕谷栄市が一般的な散文詩にはみられないキャパシィティーを射程に入れていることにほかならない。実際、従来の散文詩が得意とする表現とは全く異なる局面を、沈黙を破った粕谷栄市は表現している。いうまでもなく『悪霊』の各詩篇には、それが具体的に現れている。

猿を殺して生きることを選んだ者にとって、忘れてならぬことは、先ず、猿を殺すこと、それもできるだけ多くの猿を殺戮することである。

猿が、自分にとって何であり、何故、それをしなければならないのかなどと、絶対に考えてはならない。それは弛緩であり、退廃である。猿を殺して生きる者の栄光を、自ら放棄することにほかならない。

(「猿を殺して生きる者への忠告」冒頭部分)

もし通常の散文詩であるならば、「猿を殺す」イメージを鮮烈化し、奇怪な物語を創出することにひたすら修辞が費やされることであろう。しかし、粕谷栄市の場合、それらは二次的なことにすぎない。読者がこの詩から受け取るのは、衝撃的なイメージや異界の物語である以上に、「猿を殺す」ことを強いられる重苦しい抑圧感そのものである。しかもこの抑圧は、自由意志によって選択した行為が自ら招いた抑圧であり、不可避である。これは、人間の行為をあまねく覆う悲喜劇であり、また人間の本質的な恥部に触れている。粕谷栄市の詩が私たちの脳裏に焼きつくのは、その映像やプロットではなく、こうした恥部を抉りだすアフォリズムとしてである。このアフォリズムを支えているのは、むろん詩が持ちうる思想性にほかならない。粕谷栄市が、思想とアフォリズムを兼ね備えた石原吉郎やアンリ・ミショーの影響を受けたという事実は、その意味でもごく自然のなりゆきであったといえるだろう。

粕谷栄市らによって確立された散文詩形式は、確かに幻想的な異界や謎めいた物語を創出するのにきわめて有効な形式であった。粕谷自身の詩にも、そうした性質は巧みに用いられ、造型的な役割を果しているといってもよい。しかし、その有効性のみに腐心し、喩と寓意を高めていく過程で、多くの散文詩は肝心の思想性を見失ってきたといえないだろうか。実際、量産される現在の散文詩には、形式においても内容においても思想がない。それは、現代詩が思想を表現しがたくなった時代性とともに、散文詩が自らの性質によって招いた帰結でもあった。

散文詩の盛況から距離を置き、形式においても囚われていない粕谷栄市は、むしろ詩が思想を形成する器であるという正統的な詩学を実践しているようにみえる。詩の思想性が稀薄化していく今日にあって、その正統性は反時代的な異彩を放つとともに、思想なき散文詩との決定的な違いを示している。

　では、その思想とはどのようなものであろうか。『悪霊』はもとより、二年半後の一九九二年に刊行された詩集『鏡と街』には、その思想がいっそう明確に刻まれている。

やがて、長靴をはいた男たちが一人も見えなくなり、
彼自身もいなくなって、遠い怒号と悲鳴をはこぶ砂嵐のなかに、長靴のようなものが、一足残っているだけだったが、それは、未だ、つづいていた。
荒涼とした砂漠の砂嵐のなかで、さらに、長靴をめぐり、さらに、長靴でないものをめぐり、どこにも見えない長靴の怒りと悲しみだけになって、なお、つづいた。
（「長靴をはいた男の挨拶」最終部分）

　ここには二つの視線がある。すなわち「長靴」に過大な価値を抱いている者の視線と、「長靴」を一足の履物にすぎないと考える者の視線である。この対照的な二つの視線は、『鏡と街』に収められた詩の大半に形を変えて存在している。いずれも、狂信的な価値観に支配された行為が、それを無価値な幻想とみなす虚無的な視線によって相対化される。この永遠に和解できない二つの視線の断層に、粕谷栄市の詩は成立しているのである。

　また二つの視線は、ドン・キホーテの眼とサンチョ・パンサの眼であると言い換えてもよい。かつてこのような対比を提起し、分析を試みたのは、三島由紀夫を論じた磯田光一の『殉教の美学』（一九六四年）であった。三島と粕谷栄市を重ねて論じようというわけではないが、この本の中で磯田が発した一つの問いかけを、そのまま粕谷栄市にも向けてみたいと思うのである。それは「愚直な節操をもった殉教者と、それを嘲笑する傍観者と、はたしてどちらが人間の名に値する人間であったか」という問いである。おそらく粕谷栄市ならば、次のように答えるであろう。「自分はサンチョ・パンサ（傍観者）として、ドン・キホーテ（殉教者）に限りない愛惜を注ぐ」と。いうまでもなく、これは両者の眼を包蔵する「セルヴァンテスの眼」にほかならない。

　この「セルヴァンテスの眼」は、まず何よりも自分自

身がドン・キホーテにはなれないという前提に立っている。粕谷栄市が詩作について述べた文章には、この前提と同じようなことが認識されている。

私は、ときどき、作品を書くことのあるだけの人間にすぎない。
（「散漫なおぼえ書き」）

私にとって、詩を書くことは、人間の単純な行為の一つである。それ以上のことでもなければ、それ以下のことでもない。
（「ダイアン」）

詩を書く者が、詩に対して至上の価値を見出していたとしても、他者からみれば、それは「人間の単純な行為の一つ」にすぎない。「長靴」に執着する男や「猿」を殺して生きていく者が、たとえその価値観に支配されていたとしても、傍観者からみれば「長靴」や「殺戮」にすぎないのと同じことである。粕谷栄市が詩作についてこのように述べるのは、何であれ一つの行為に、必要以上の意味や価値を与えることへの羞恥であり、またその意味や価値が欺瞞を生むことへの抵抗である。現実を明晰に見抜くこうした覚醒のスタンスを持つ限り、粕谷栄市は決して愚直なドン・キホーテになることはできないだろう。

だからといって、この覚醒を維持してすべてを割り切っていくならば、今度はまた不毛な合理主義へと陥ることになる。「長靴」を単に「長靴」と割り切る精神のもとでは、やがて詩の生まれる可能性も必要性すらもなくなる。そう考えると、実は愚直なドン・キホーテの方こそが「人間の名に値する人間」であったのではないかという逆説に突き当たらざるをえない。このような逆説をも、おそらく粕谷栄市は見通していた。『鏡と街』の中には、愚直な殉教者に対するオマージュとも受けとれる詩が書かれているからである。

彼の服の釦が小さく光る。どんな時代であろうと、悪い恋をしている男ならば、そのことの永遠の意味が、直ぐ分かるだろう。その彼が、自分であることが。

白い一輪の蘭の花を持った男が、墜落している。遠く、小さく、白い一輪の蘭の花を持った男が、墜落している。
全てを明晰に知りながら、何かに身を任せるしかない彼が、発散しているのは、やるせなく激しい快楽の匂いだ。生きることが、滅びることである男の匂いだ。

（「幻花」最終部分）

作者自身は、詩の中の「彼」のように「激しい快楽」を発散して「滅びること」などはできない。「悪い恋」が誰にでも起こりうることであり、起きたならば「墜落」が不可避であることまでも知り抜いているからだ。しかし、作者である詩人は、「男」の「墜落」を愚劣で無価値な行為として表現しているとは思えない。むしろ「彼」に対して「全てを明晰に知りながら、何かに身を任せるしかない」という形容を与えているところには、ある種の共感と、宿命的な美意識が漂っているといえないだろうか。先に「自分はサンチョ・パンサとして、ドン・キホーテに限りない愛惜を注ぐ」と述べた意味もここにある。詩人は「彼」と同じように「全てを明晰に」知りうるからこそ、「何かに身を任せるしかない彼」に逆説的な共感を抱く。だが、自らの共感に対してもまた「明晰」であるがゆえに、「彼」のような「滅びること」の卑小さに身を委ねることはできない。また同時に、滅びないことの卑小さをも知るがゆえに、「彼」の夢を仮構する。「滅びること」の卑小さを、滅びないことの卑小さによって裁く権利はどこにもないからだ。こうした逆説と矛盾の繰り返しの中から粕谷栄市の詩は生成し、またこのプロセスじたいが思想であるといえる。
以上のように考えてくると、粕谷栄市の次のような述懐の真意もわかりかけてくる。

詩が、人間が、よく生きるための何かであるという、私の錯覚は、強固になった。

（『悪霊』あとがき）

この「錯覚」と称する思想は、一九七二年の書評で、ミショーの詩を「生きゆくための詩」と呼んだ時から、粕谷栄市が変わらずに貫いてきたものである。生活実感的な詩からおよそかけ離れてみえる粕谷栄市の詩を考えると、「よく生きるため」というのは不可解ですらあった。しかし、「幻花」における推察をもとに考えれば、それが選択的ではなく、不可避であることがわかるだろう。一つの価値に耽溺する殉教者にはなれず、また覚醒によって全てを無価値化する傍観者にもなれないのなら、もはや詩を「よく生きるための何か」と称するほかはない。その言葉に従って、粕谷栄市は詩の成熟と社会的な成熟の道を歩んでいるが、それは殉教者的な死と傍観者的な虚無の誘惑を拒みながら、辛うじて得た道といってよい。だから、この成熟の道は一見平凡にみえながら、限りない危険を常に孕んでいる。もちろん危険であるからこそ、読者を妖しく惹きつけてやまない。

(一九九六年思潮社刊『ポエティカル・クライシス』所収)

魂の癒し

——粕谷栄市論ノートにかえて

墨岡孝

現代社会において「人間にとっての癒し」とは一体何なのか。

一昔前、我が国が高度経済成長期にあった頃は、男性にとっての癒しは明らかに現在よりも単純であった。男性は常に会社人間であり、働き中毒であり、癒しの場は家庭よりも会社社会の中にあった。

その男性社会にあっては、社会的な成功こそが自らが癒されることそのものだった。ここでは、まことしやかに語られたものだった。すなわち成功とは「金」か「名誉」か「権力」かのどれかであり、またあるいはそのすべてを一身におびることであった。

金さえあれば何でも買うことができる。たとえ愛情でさえも買うことができるという幻想。名誉は人をひれ伏させ、日本社会の裏側で新しい階層社会を形づくるという幻想。権力は簡単に人殺しさえも合法化してしまえるという幻想。

しかし、こうした意識は、バブル崩壊後の高度情報社会である現代では通用しない。

癒しの構造はそれほど単純ではなくなったといってよい。

私には忘れることのできない一冊がある。

それは、詩人であり精神分析医の故R・D・レインによる『引き裂かれた自己』である。この著作は、人間の精神がどのような外因と内因とによって文字どおり引き裂かれ〝分裂〟していくのかという過程を正確に追ったものである。

レインは、キングスレイ・ホールという非治療的な施設のなかで、発病する人間とその行手を驚くほど冷静に、しかも愛情をこめて書きのこしていったのだった。

一九九三年夏、私はひさしぶりにロンドンにいた。ロンドンのけん騒はあいかわらずで例のシティの爆弾テロのあとシティへの車の乗り入れが制限されていることぐらいが変化といえば変化である。

ロンドンで私はかつて詩人であり、反精神医学、対抗文化の旗手であったR・D・レインのことを考えていた。レインが日本でも、もてはやされていた頃、私も熱心にレイン論を書き、レインの著作を紹介した。しかし、そのレインも今は亡く、一つの時代は幕を閉じた。

ロンドンの北、タヴィストック・ストリート。この静かな落ち着いた通りをレインはどんな思いをいだいて毎日歩いたのだろう。

レインもまた、現代における愛と癒しについて徹底的に考え、実践した人間だった。

有名な「キングスレイ・ホール」。私はどうしても現在のその場所を見ておきたかった。

「キングスレイ・ホール」は、ロンドンのイースト・エンドにある約七十年前に建てられた三階建の建物である。屋上には庭園がある。その建物は過去においてさまざまな種類の会合のためのコミュニティ・センターや公民館として使われたことがある。また、礼拝所として役立ったこともある。マハトマ・ガンジーが、一九三一年にロンドンを訪れたとき、キングスレイ・ホールに泊まっている。

レイン達の「PA」（フィラデルフィア協会）が一九六五年六月にキングスレイ・ホール保管委員会からこの建物を賃借して、その「ホール」活動が開始されたのだった。以来一〇〇人以上もの人々を受け入れてきた。

レインをはじめ、「キングスレイ・ホール」の創立メンバーたちは、その「共同体」で彼等の抱き続けた夢をかなえたいと願ったのだった。

それは、さまよえる魂が癒されるのは、狂気こそ死と再生のチャンスにほかならぬと考える人々のあいだで、発狂することによってである、という着想であった。

しかし、周知のようにこうした「ホール」活動は次第に衰退し、現在は運動としてはなにも残っていない。

「ホール」が活動中から、近隣住人とのトラブルはたえなかった。住人の一部はしばしば、この建物におし入り、建物を壊したり、大声で罵ったりした。おまえらは、「気狂い」だ、「麻薬中毒者」だ、「暴れん坊」だ、「変質者」「くせえ、くせえ、おまえらは不潔な行動で地域の聖域を、汚してる野郎どもだ」と。


この建物の住人たちと外部世界の人達との対立点は、道徳をめぐるものであった。癒しと道徳は、時に相反する。

後になって、レイン自身が「ホール」活動を自己批判し、（普通の）臨床医にもどってしまうことも、その後レインがインドに渡り生涯を終えたことも、今は幻のようである。

現在の「キングスレイ・ホール」は住民の集会所になっている。さまよえる魂とその癒しはまだ解決されていない。

ところで、私はロンドンの劇場ハー・マジェスティでロングランを続けているミュージカル「オペラ座の怪人」を観た。日本での同じミュージカルは既に観ていたし、評判の高いロンドン版を観ておきたかった。

このロンドン版では、怪人の悲痛な叫びや愛する娘への激しい思いが一層強調されていて胸を打つものであった。

男が癒されるためには女の愛こそが必要なのだ。女の愛がなければ男は決して癒されることはない。

この「オペラ座の怪人」はそう唄っていた。

やはり、そうかもしれない。

しかし、今や女性の社会進出は圧倒的に進み、女性の意識はより社会化され、男性のそれよりもさらに未来を先取りしようとしている。

会社人間に行きづまりを実感させられ、しかし未来を展望できないでいる男達と、異性との間の心のギャップは拡大する一方なのだ。こんな状況で、愛や癒しが成立するのだろうか。

しかし、私は希望を持ち続けたい。希望を持つことが男性にとっての最後の癒しである。

ここで粕谷栄市のことを論じよう。粕谷栄市は「ダイアン」の中で述べている。

「十年ほど、ろくに詩を書かなかった。いやもっと長かったろうか。私の四十歳代から、五十歳代にかけて、である。何故、そうだったのか。私にはわからない。たぶん、私に、その必要がなかったのだ。」

粕谷栄市の空白の時代、私はここに大きな意味を読み取る。いや、大きな意味など、はなから在りはしないのだ、そこには粕谷栄市の詩人としての存在とは別の、生活者としての存在があるにすぎないのさ、と片方で思いながら、私にはこの間の意味が頭を去らないのだ。

粕谷栄市の詩はそれまで一貫して人間の「魂」について述べてきた。卓越した比喩と寓意とをもちいながら、人間が、人間として生きる世界のさまを一つ一つ壁にピンを突き刺すように創りあげてきた。

このことのために、私にとって粕谷栄市という詩人は特別な意義を持っていた。

だから、一九八九年の詩集『悪霊』を私はとびつくように、むさぼり読んだ。

思ったとおり、そこには粕谷栄市の沈黙の重さが深く刻み込まれていた。

この時期以後の彼の詩のテーマは単に人間の「魂」ではなく、人間の「魂の癒し」として存在しているように思える。

『悪霊』の世界は暗い。出口のない孤独にみちあふれているように見える。

しかし、その暗さや孤独は、一層、この世界に生存するすべての人間らしさの「魂の癒し」についてきわだたせる。

おそらく、粕谷栄市は沈黙の時代に、自分自身が実生活において、精神的栄光と悲惨とを同時に経験したに違いない。快楽と絶望、それが何であったかを知るよしもないが、この経験＝心的トラウマを体験したのち、彼は「ある日、烈しく、作品をかきたくなった」のである。叫びにも似た作品の数々である。

かつて、粕谷栄市は、一九七二年の読売新聞に「わが町」という一文を書いた。その中で彼は、

「詩が、もし、人間のものだとしたらと、私は書いた。愚劣な仮定である。詩は、人間のものに、最初から決まっている。私にとって、私の詩にとって、そして私の町には、人間はいなかったのである。それは、全部、私の偏見である。」

「小心で偏狭な私は、この町で生まれ、食うために商人になり、三十七年生きてきたが魂のはなしのできる人間でなく、その人間に会おうとしなかった。」

しかし、一九八九年の詩集『悪霊』のなかの作品「橋上の人」は次のように表現されている。

「美しい夕日の高い橋から、永く、自分の住む街を眺めるとき、古い記憶の窓のなかから、私たちは、思い起こすことができる。

全く、自分と関わりのない男と自分が、何もかも、同じ檻に入れられ、同じ食事、同じ衣服、同じ日課で、毎日を過ごす場合のことを。

何年かして、誰かに見られたとき、二人はひどく似ている。どちらが、どちらであるか判らないのだ。

大部分の人が、自分には、絶対にそんなことはあり得ないと信じている。本当は、現実には、自分が、見えない日常の檻のなかで、見知らぬ男と、共に頭を剃られた、恥辱の日々を送っているかも知れないのに。」

粕谷栄市の作品は確実に変貌をとげている。「魂」そのものを描くことよりも、「魂の癒し」を書くことに一歩踏み込んでいるように思われる。

粕谷栄市は「ダイアン」のなかで、沈黙を破って、詩を書きはじめた理由の一つとして彼がダイアンと名付けた旧式のワープロとの出会いを書いている。もちろんこ

れは事実であるだろうし、男達が女には理解できないと言われながらも、ワープロや、パソコンに機械以上の感情移入をすることもよくあることである。

しかし、私は、粕谷栄市にとって、ワープロのダイアンはやはり巧妙な比喩であるように思われる。ダイアンこそ、彼の経験した快楽と絶望とを統合する癒しの象徴であったのであろうと私は考える。

（一九九四年）

贋作粕谷栄市

──『化体』へ／『化体』から

野村喜和夫

〔テクスト〕

見知らぬ街の、古い帽子のような闇のなかで（1）、今日も、ひそかに犯罪が行われている。犯罪者の名前は、カースヤ・エーイッチ（2）。だが、彼は実際に犯罪に手を染めているわけではない。それ以上だ。彼が、強姦や殺人という行為に及ばないのは、モラルからではない。ひとたび、犯罪を実現してしまったら、それですべてが終わってしまうからだ。犯罪を永続させるために、彼は、散文詩という、奇妙な器を、作り出した（3）。矛盾することだが、器自体は小さいのに、容量が、きりもなく大きい。そこに、犯罪が、かりそめ、妄想という形に変えられて、詰め込まれるのである（4）。この恐ろしい現場をみた者は、誰もいない。さらに恐ろしいのは、詰め込まれた犯罪が、器の中で、腐敗しないばかりか、ひそかに成長しさえするということだ（5）。美しくもおぞましいことではないだろうか、犯罪が、器の内側に沿って、灰色の神経細胞のように伸びてゆくのは。その片鱗は、詩集という形で、われわれの首都にも流通しているから、すでにそれに触れた者も多い。ところで、犯罪が成長しきると、どうなるか。もちろん、ある種の草、愛と死（6）の絡み合う草となって、散文詩という器からあふれだすのだ。理由は不明だが、草だけが、器を、犯罪を、越えうるのである（7）。ときに、器の外に、害を及ぼしながら。その証拠に、ある朝、愛と死の絡み合う草と、それに触れた者との三位一体が、ひとつの狂った結晶世界の模型のように、高層アパートの窓辺に放置されていたということだ。

〔注〕

（1）ある意味で、「贋作粕谷栄市」はたやすい。「見知らぬ町の」というような、場所の遠隔性ないし非限定性ないしアトピー性の強調は、よくある説話論的な構造のひとつといえるが、粕谷作品の書き出しもそれを踏襲しているからだ。ただし、粕谷作品においてそれは、しばしばもうひとつの特徴となるある種異様な限定性と矛盾するものではない。今度の詩集『化体』においても、「一枚の紙幣のなかにある遠い三日月の街で」（「月明」）とある。

（2）あるいは粕谷栄市。じっさい、『化体』の刊行と前後するように、新潟で、中年男が十年間も少女を監禁していたという衝撃的な事件が発覚したとき、私は反射的に粕谷栄市のことを想起していた。あれは粕谷氏の「副身」の犯行ではないのか、でなければ少なくとも、「副身」の妄想の出来の悪い現実化ではないのか――そういうこちら側の妄想を、ついに抑えることができなかったのである。だが、果たして、妄想だけだろうか。「本当の事を云おうか／詩人のふりはしてるが／私は詩人ではない」とかつて書いたのは、いうまでもなく谷川俊太郎である。私は、粕谷栄市もまた「詩人のふりはしてるが」、ほんとうは犯罪者であると思う。粕谷栄市論を書くためには、だから、犯罪と文学との関係について深く通じていなければならない。それは到底私の力の及ぶところではないが、せめてこの小文がそうした来るべき粕谷論のための呼び水のひとつにでもなればと思う。

(3)以下の時系列を確認しておく。『世界の構造』、一九七一年。この時点ではまだ、才能ある独異な詩人の誕生、犯罪をも妄想しうるしなやかな想像力の開陳というにすぎなかった。もしそのあたりで粕谷氏が沈黙するとか、ありきたりの行分け詩を書いて普通の詩人になるとか、あるいは小説を書いて作家への転身をはかるとかしていれば、ことは文学史的な出来事の範囲に収まっていただろう。だが、粕谷氏は、散文詩を書くことを止めなかった。散文詩は、散文詩のまま、散文詩以上のものになりつつあった。ときあたかも、『悪霊』、一九八九年。この時点で私は、粕谷栄市犯罪者説にかなりの確信を持つに至ったのだが、その決定的ともいえる証拠は、タイトルポエムにおいて、あろうことか、「新しい幼女の一枚の下着」に「深く、忌まわしい悪霊の時間」が幻視されていること、これである。そして『化体』、一九九九年。実をいうと、もはや私は言うべき言葉をもたない。半ばは呆れ、半ばは畏怖しながら、この詩集を、どこか手の届かないところにしまい込んでしまおうかとさえ思う。「俺は、一匹の妄想蛙」だって? カムフラージュのつもりだろうが、冗談ではない、大犯罪者じゃないか、証拠はあがってるんだ——と心のうちではつぶやきながら、しかし、そもそも『化体』を批評してどうなるというものだろうか。それは、ボルヘスのあの「砂の本」のような、無限にページが湧き出てくる粕谷的散文詩世界の一部というにすぎない。もちろん、変化はある。『化体』において、軽みとも老境ともいうべき視点の移動が、この恐るべき反復の魔にも訪れた。文体がいくらかなめらかになり、通常の散文に近づいた。しかしそうした変化は、変化を貫く不変にくらべたら、およそ何ほどのこともない。『化体』を語ることは、散文詩の無限性について語ることである。それはそのまま、さながら無限というものの散文詩性について、あるいは無限というものの犯罪性について述べることであり、そんなことは、鏡の国のアリスでも相手にするのでないかぎり(しかし、そう、鏡は、粕谷ワールドの重要な小道具のひとつではある)、可能とも思われない。私にできることといえば、現にいましているように、せいぜいが下手くそな「贋作粕谷栄市」を書いて、それにつまらない注を付すぐらいのことである。

(4) こうして、あらゆる妄想は犯罪的である。字義通りの犯罪についていえば、『化体』ではたとえば、「いひひひひ。そうして寒い霙の時代の七十年間に、私は、貧しい老婆たちの白鳥区で、七百人の老婆たちを殺害する。」とあるが、注目すべきは、こう語る「私」が、そのあとですぐ、被害者たる老婆自身に「化体」してしまうことだ。もちろんこうした反転、こうした鏡の構造は、前注でも指摘したように、粕谷ワールドにごく親しいものである。そういえば『化体』の装幀にも、鏡文字があしらわれている。

(5) これを普通の批評の言葉に直せば、つぎのようになろう。すなわち、真の犯罪者は、犯罪を犯さないものだ。犯罪を現実化するのではなく、つまりそういうテロス(目的=終末)をもってしまうのではなくて、言語という別の組織を通して生のさきへさきへと、かぎりなく潜勢化させてゆくのである。そして、およそぐもっている力、下を流れている力ほど恐ろしいものはないのだ。

(6) 犯罪とは、畢竟、生の余剰の一形式にすぎない。愛と変わるところはないが、強いて言うなら、その愛を速度が凌駕すると犯罪となり、さらにその速度が愛の究極において棄却されること、それが死だ。粕谷栄市がこれまでに書いたもっとも美しい作品が、オルフェイス的性交の形象化ともいうべき「水仙」であることを想起しよう。またそのファルスめいた残響が、桜の満開の下での老人たちの性交というかたちで『化体』にも及んでいること(「暗い春」)、それも興味深い。

(7) こう書くことで、私は粕谷栄市を、無理にでも相対化しようとしたのかもしれない。『化体』に所収の詩のタイトルのひとつを借りれば、「跳躍そして超越」ということだ。その詩のなかで、詩人自身も言っているではないか、「この酷薄な時代の閉塞を切り抜けるためには、どんなことでも、一度は、試してみる必要があると言うことなのである」、と。

(「鱓」30号、二〇〇〇年七月)

それは、自分だったかも知れない。　福間健二

粕谷栄市様。

思い切ってファンレターを書くことにしました。

粕谷さんのことを思うと、ものすごくさびしい町の暗い通りをならんで歩いた一夜があったような気がしますが、それはぼくの見た粕谷ワールド的な夢の一齣にすぎませんね。どうせ見るなら、〈大きな缶詰工場のある街〉に行ってマルタおばさんの下宿屋に泊まる夢はどうでしょうか。いや、その街では死ぬほど働かなくてはならないし、おまけにマルタおばさんはなんと粕谷さんだったりするのだと、よけいな心配をしてしまいました。

あるパーティーで一度だけお会いしました。そのときの粕谷さんの笑顔が忘れられません。それ以前に、感謝しなくてはならないことがありました。読者には自慢に聞こえるかもしれませんが、粕谷さんは、ぼくと妻が出していた雑誌「ジライヤ」の購読者で、感想と励ましの葉書を何度もくださった。ディラン・トマスの墓前で詩人の霊とウイスキーを酌み交わしたと得意気だったぼくを、やんわりと揶揄してくれたこともありますね。

しかし、ぼくが粕谷さんとその仕事に親しさをおぼえるのは、そんなことがあったからだけではありません。

多くの人が関心をもつことでしょうが、粕谷さんには沈黙の時期がありました。その〈長い空白〉のあとにふたたび作品を書きはじめられたころのことを、ぼくはたまたま粕谷さんと親しかったある詩人からよく聞かされていました。実はそのころ、事情はちがいますが、ぼく自身も詩の場所に戻ってきたところで、遠くから眺めながら粕谷さんをとても身近に感じていたのです。

ぼくの場合、ひとつには一九七〇年代半ばから八〇年代にかけてのワルノリ、シラケ、ネアカ・ネクラなどの標語で人が軽く動いているように見えた時代の雰囲気にうまく乗れなかったということがありました。粕谷さんはどうだったのでしょう。

〈私は、作品を書き始めた。私が自分の詩について抱く期待は、ただそうしているあいだ、私が、楽しければよ

いのだ。そして、永く放棄されていた不毛の土地を耕すことは、その苦痛さえ、私には楽しかった。〉

これは、粕谷さんのカムバックを支えた一台のワープロへの愛を告白するエッセイ「ダイアン」からの引用です。あの時期、ワープロによって書くことの領土へと呼び返された者が相当いたのでしょう。ぼくもそのひとりです。ダイアンと名づけた機械に助けられた粕谷さんの〈楽しければよい〉が、怖いほどの貪欲さと推進力でふたたび作品を紡がせていったと想像できます。

その〈楽しければよい〉は、詩集『悪霊』のあとがきにある〈詩が、人間が、よく生きるための何かであるという、私の錯覚は、強固になった。〉とも矛盾しない。生計のために仕事をしなくてはならないように、精神的な次元では生が詩を書くことを求めている。自分がそういう人間であるという宿命を深く自覚した〈楽しければよい〉だったのですね。

詩集『悪霊』には、そうした宿命への自覚がさまざまに姿を変えたアナロジーとしてあらわれています。

〈いつ、どんな時代にも、生きてゆくために、個人が専門の技術を身につけなければならないのは、当然のことである。／さまざまの仕事のなかで、特に、私が選んだのは、猿を殺すことだ。猿を殺して紙幣に換えることだ。〉とはじまる「冷血」と、〈猿を殺して生きることを選んだ者にとって、忘れてならぬことは、先ず、猿を殺すこと、それもできるだけ多くの猿を殺戮することである。〉とはじまる「猿を殺して生きる者への忠告」に出てくる猿殺しは、まさにそれです。

猿殺しは、一面では金銭のための仕事と詩を溶け合わせた夢のようでもありますが、それを選んだ者は大変です。「冷血」では、人々の中にいる猿を殺す技術が語られます。しかし、その仕事を選んだ〈私〉の感情はわずかしか示されません。別な男によって猿として殺された老女のまわりに集まって騒ぐ人々の中に、猿を見つけられなかったのを〈残念なこと〉としているだけです。

「猿を殺して生きる者への忠告」の、忠告する語り手も自分の同類か自分自身に語っているのでしょう。〈猿が、自分にとって何であり、何故それをしなければならないのかなどと、絶対に考えてはならない。それは弛緩であり、退廃である。猿を殺して生きる者の栄光を、自ら放棄することにほかならない。〉と断言するこの語り手は、確乎たる信念の持ち主のように見えます。しかし、その強さは微妙です。そう言わざるをえないところに追いつめられている。しかも確信犯的にそのことが自分でわかっているというものではないでしょうか。

しかし、〈猿を殺すこと〉を選ぶのが特別に悲劇的なことだとはされていないのも明らかです。悲劇があるとしたら、人間であることそのものが悲劇なのです。その前提的な悲劇に対しても、選択からはじまった宿命に対しても、けっして甘えないこと。引き受けるべきことを引き受けるしかないのだという覚悟が語られているのですね。こういうところに、ロマン派的な感傷に対抗する意味での古典主義的な冷徹な目を読みとったとしても、まちがいとは言えないでしょう。しかし、粕谷栄市の作品世界はそれだけで片付かない。

前にも書いたことがありますが、粕谷さんの作品を読んでいるとき、ぼくはわっと声をあげたくなることがあります。粕谷さんの作った世界の、その中に住む人物たちに、自分の過去の行為の愚かさやら実現しなかった夢の恥ずかしさやらを思い出させられて、いたたまれない気持ちになるのです。ただ生きているだけでも、わっと言いたくなることがあるのですから、そういうときには読むことが生きることを濃縮した体験になっていると言えます。そして詩集『鏡と街』の「わっ」という作品には、ずばり〈わっと叫びたい男〉が登場してぼくを驚かせました。

〈何もかも忘れて、わっと叫びたい彼をかこんで、厨房の全ては、悪意に満ちて、充血し、ぐるぐると回転する。〉という厨房を舞台とした作品で、この舞台設定と主人公の変化は、いささか常套的な漫画に陥っているきらいがあるかもしれませんが、わかるなあと思うのは〈今、すぐ、絶対に、ここに、必要なものがある。今、すぐ、全てを一度に新しくする、孤独な冷蔵庫と革命が。〉という箇所です。これだけでもアフォリズムとして通りそうですね。意味をもつ語として〈孤独〉や〈革命〉が効いてもいるでしょうが、それ以上にこの言い方の呼吸が絶妙なのです。これからは、悔恨の罠にかかってわっと叫びたくなったら、〈孤独な冷蔵庫と革命〉を持ってこいと怒鳴ることにしましょう。

「わっ」では、主人公の肉体が変化していき、活字を大きくした最後の〈わっ〉で彼の破裂が暗示されます。そのための三人称だとも言えますが、起こっていることは異常でも、語りの構造は単純です。

語りの構造がもっと複雑になる場合がありますね。

ひとつは、物語をくくるカッコ的なものが用意されるときです。語りのフットワークが軽くなった印象のある詩集『化体』から例をあげれば、〈もちろん、それが言い訳だと言うことは知っている。偽りの妄想だということも知っている。〉(「鈴蘭彗星」)や、〈このことは、実は、女郎屋だか墓場だかで、悩ましい陥穽に落ち、悪い病気にかかった床屋が、その高熱の生死の境に見た、夢のはなしだと言う。〉(「魂のはなし」)というようにです。

それから、語り手が三人称で語る場合、語られる対象が語り手自身かその分身である可能性をほのめかすこともあります。〈ずっとあとになって、私たちは、その男が、どこかの地下街の下着売場で会ったことのある男であるのに、気がつく。それは、自分だったかも知れない。〉(「注射男」)というようにです。語り手がそう思い、そのうしろで作者がそう思っているわけですが、それだけにとどまるものではない。物語の場所を語り手の分身がいるだけの語られた世界にすぎないとして、やはり嘘をばらしている。嘘をばらしながら、嘘ではないもの、物語を超えるものに肉薄しているのです。

粕谷さんの物語は、特異な人々だけのものであることも、だれにでもおこるとされることもありますが、本質的に同じことなのだと思います。〈例えば、一枚の紙幣のなかにある遠い三日月の街で〉(「月明」)というような限定を使ったり、あるいはそういうものをまったく使わなかったりしながら、いつでも、どんな対象についても、言えること、言っていいこと、そしてそれを言うための条件を慎重に確かめる。それは狡猾なほどの慎重さだと思えます。言えること、言っていいことをそうやって積み重ねながら(そうやって、言ってはならないことへと向かっているとも受けとられるでしょうが)、物語を超えるものが追求されている。たとえば、この世界に人があって生きていることの意味が追求されている。そのために読者は、〈人間の生存の苦痛〉のわかる人ならば、きっと〈それは、自分だったかも知れない。〉と随所で思わされ、自分が次に何をしてしまうのかを知るためにも読むのをやめられなくなるのです。

粕谷作品を次から次に追いかけるときの気分は、ぼくの場合、どこか大衆小説や漫画に熱中するときに似ています。小説家たちにはいまもって困難な課題である、純文学にして通俗小説という横光利一の「純粋小説」の主張は、少なくともそのミニマル版を粕谷さんの散文詩において実現させているのかもしれません。生きていることが猛烈にいやになって時間だけはたっぷりあるとき、ぼくはディケンズか金庸かちばてつやをえんえんと読むでしょう。でも、そんなに時間がなかったら？　大丈夫、そのときは粕谷さんの本があります。

いつかぼくも〈三日月の街〉に出かけて、だれでもない＝だれでもある自分をさがします。どうぞお元気で。

（二〇〇三年二月二十一日）

寝た子を起こす人

池井昌樹

かれこれ十五年ほども昔の話から始める。山本太郎が講演先の長野で急逝して間もない頃、しょげ切っていた私のもとへ或る日突然粕谷栄市から電話があった。「久し振りに会いたいね」。粕谷栄市も私も一九七二年共に「歴程」に入っているから出会いは古いが、それ以後粕谷栄市は詩からも詩人からも遠ざかっていたようだ。その間何をしていたのか定かではないが、実に十年振りくらいの再会だった。

再び猛然と書き始めていたらしい粕谷さんは饒舌だった。膝を交え酒を酌む内やがて鋒先を向けてきた。「池井はもっと自らと対決しなければダメだ。自らの詩と」。対決という言葉には私の最も臆病な琴線に触れるものがあったが「詩など対決とはほど遠い慰めなのだから誰から顧みられずともいい」私はそう言い張った。そして、どちらからともなく同人誌を始めたいという方向へと話が発展して行ったのだと思う。

　私たちはその後程なくして狭山に会田綱雄を訪ねた。山本太郎の本葬の執り行なわれる日だったが、葬祭場へ赴くよりその日は会田綱雄という存在と向き合っていたかった私が強く誘ったのだ。会田綱雄とは面と向かって話をしたことが一度もないという粕谷さんは珍しく正装姿だった。誰もいない校庭の望める蕎麦屋で私たちは山本太郎の思い出、そしてその詩に就いて話し込んだ。身近に山本太郎の気配を濃くつよく感じながら。やがて三人で同人誌を創刊することを約して別れたのだが、会田さんの逝去によりその同人誌「森羅」の計画は跡絶えた。

　私は会田さんから頂いた幾枚かの葉書の言葉を栞にし『この生は、気味わるいなあ』という詩集を出した。折り返し粕谷さんから届いた葉書には、これまで私が一度も目にしたことのない返礼の言葉が記されていた。

「このようなものを詩として平気で人前に出せる神経の図太さに驚倒しました」。

　私は動揺した。その言葉を通し、誰とも何とも対決せず向き合おうとさえせず山本太郎会田綱雄という巨人《おおおとこ》たちの背後に隠れ続けてきた自分の真の姿——不様なポチャポチャの丸裸を目の当たりにさせられたような気がしたからだ。私は深く恥じ入り、そのような自らに対し生まれて初めて激しい憤りを覚えた。「歴程」に会田綱雄の追悼文を書いている最中のことだった。

　それから三年あまり、数百回、いや、それ以上に渉って繰り返し目を凝らしてきた次なる詩集の清書原稿を縮小コピーしては綴じ、あるパーティの折りに私は粕谷さんへ手渡した。粕谷さんはやや戸惑いつつも受け取ってくれた。しかし、その直後から煩悶が始まった。「粕谷栄市が良しと言ったらホッとするのか？　そうでなければどうするのか？」。少しも代わり映えしない己の甘え根性に嫌気が差し、別れしな、私は粕谷さんに詫びてそのコピーの返還を乞うた。粕谷さんは笑って応じてくれた。やがて出たその詩集『水源行』の返事に粕谷さんから頂いた葉書にはただ一言「一路平安《いいるうぴんあん》」とあった。会田綱雄の詩句だった。嬉しかった。

＊

粕谷栄市の詩に就いて述べねばならないのに、またしても私は下手な自分史のようなことどもを書き並べていたのだろうか。しかし、この現代詩文庫『続・粕谷栄市詩集』に収められている三冊の詩集『悪霊』『鏡と街』『化体』が編まれた十年という歳月は、私にもまた『水源行』を始めとする幾冊かの詩集を編ませることとなった。それまでの私が予測だにしていなかった、この上なく濃密な、アッという間の十年だった。粕谷栄市から届いた最初の葉書、あの荒寥たる一言一句が始まりの全てだった。

しかし、それは先の文庫に収録された処女詩集『世界の構造』や未刊詩集『副身』以後、詩的消息を断ったかのような沈黙の中で、かつて粕谷栄市が自らへ問い糺し続けた一言一句でもあったに相違ない。同人誌を出す機会は失ったが、その間私は誰よりも粕谷栄市という存在とともに在れたことに計り知れぬほどの喜びと畏れを覚える。

今回、本書に収められた三冊の詩集を溯り、改めて『世界の構造』から一篇一篇を辿っている内、いずれの作品にも貫流する或る放心のような一つの表情が私の中から込み上げてきた。あれはいつだったか、山本太郎が砂浜にテントを張っていた夕暮れ。粕谷さんも私も初めて参加した九十九里浜での「歴程夏の詩のセミナー」の折りのことではなかったか。独り海辺に佇ち夕映えの空に見惚れている粕谷栄市の、泣いているような、笑っているような、一寸近寄り難いような表情——。

『ぽかん場』と言うことを言ったのは、淋しいことに何年か前に亡くなってしまった、私たちの詩人山本太郎氏である。

ある日、あるとき、私たちは、突然、自分が、『ぽかん場』に立っていることに、気がつくのだ。

単純に言ってしまえば、要するに、それは、自分がぽかんとしていることなのであるが、詩を書く人間、いや、そうでなくても、分かるひとには分かるであろう、世界のあらゆる拘束と言う拘束から、解放されて、自分が、融通無碍、自由自在の境地にあることなのである」。

（「旅への誘い——『ぽかん場』のできごと」より）

このように語り始められる文章は、粕谷栄市が地元の或る温泉旅館へ寄せた言わばコマーシャルコピーだからどの選集にも収められていないものだが、ひとまず次のように結ばれるその文章には、四十年に渉る粕谷詩の出発と突然の休止、再生、そして稀に見る逞しい持続の謎を解く手がかりが秘められていると私は思う。

「一人の人間が、彼自身であることすら忘れて充実する時間、私は、それを『絶対時間』と呼んでいる。
　自分が、この世の何ものにも所属することのない時間、私は、それが、必要な人間なのである」。

　この思いには作者である粕谷栄市の希いとは裏腹に、絶えずこの世の何ものかに所属しその何ものかを渾身で支え続けねばならなかった人間のみ知る或る無上が溢れるのだ。そして、私は「この世の何ものにも所属することのない時間」に甘え、充ち足りた暗がりに閉じ籠る孤絶でなく、何ものかに所属せざるをえないこの世という否応なさと、静かに、しかし烈しく向き合おうとする勇気のほうを、この思いから学んだのだと思う。山本太郎、会田綱雄亡き後の刻々、私はその勇気だけを信じて生きた。幸運だった。

＊

思えば二十五年前、初めての大都会東京での生活に傷つき破れ、尻尾を巻いて逃げ帰ってきた故郷で私は精神に不調を覚え、閉じ籠った。窓という窓を理科室の暗幕のような漆黒のカーテンで覆い、目張りをし、誰をも中へ入れようとせず一歩も外へ出なかった。偶々里帰り中の姉に抱かれた幼い甥が、私の姿を一目見るなり火の付いたように泣き出すほどの惨状だった。どこにも生への糸口は見付からず、詩と死ばかりを思い詰めていた。私の両親はさぞや大変だったろうと今にして頭が下がる思いだが、そのような私を徐々に蘇生へと導き、やがて再上京へ、自らの生へと駆り立てたのは、いかなる現実的説教でも忠告でもない、もう思い出せない有形無形の様々な熱い無言の励ましだった。

逼塞していた私のもとへ或る日突然届いた書籍小包――『現代詩文庫粕谷栄市詩集』だった。頁を捲ると誰にも真似の出来ない癖字で私への献詞があった。それだけのことが、その時の私にはどれほどの赦しだったか。

今も故郷の家の何処かにそれは眠っているはず、もう一度、目見えたい。盆休みに妻子を連れて帰省した折り、何はさて置き家中をあちこちと探し回った。あった。頁を捲ると、あのときと寸分違わぬ眩《まばゆ》さで誰にも真似の出来ない癖字が「もう寝た子を起こさないでくれよなあ」と言いたいような風情だった。泣きたいくらいだった。

しかし、寝た子とは他ならぬ私自身のことであった。寝た子の皮を被りいつまでも暗くいじける不決断な青年を揺り起こし、その尻を叩き、甘い幻想の檻から解き放ちにやってきた、それはかぎりなく優しく恐い春の足音だったのだ。

私はその一巻を大切に東京へ持ち帰り、今は山本太郎の、そして会田綱雄の文庫と並べてある。その粕谷栄市の続文庫の稿に向き合おうとしている私の中から、何やら万感の思いまで込み上げてくる。

粕谷栄市という詩と人物を思う時、いつも私は最も大切な璧《たま》を何処かに置き忘れているような心許なさに襲われる。あれは何だったろう。どうしても思い出せない。粕谷さん、御免なさい。しかし、粕谷さんはいつものようににやにや笑いながら、こう応えるに決まっている。「いやあ、いいですよ、いいですよ。なんだって、いいですよ」。粕谷栄市とは、そういう人間なのである。

ところで、つい先頃も何の用向きでだったか粕谷さんに電話をかけることがあった。粕谷さんの御宅は代々の茶舗である。てきぱきした感じの良い女性従業員の方が取り次いでくれようとし、奥に向かって「しゃちょおさあん」と叫んだ。その呼びかけには「社長」に対してではなく何処か「おとうさん」に対するような親しみと温もりがあり、職場の雰囲気もそれと察せられた。やがて奥のほうから社長とおぼしき声が「はあい」と応じ、だんだんと近付いてくる気配がする。私は、何か不思議なものを待ち受ける気持ちで、黙って受話器を握りしめていた。

（二〇〇三年一月二十日）

Gendaishi Bunko

現代詩文庫 173 続・粕谷栄市詩集

発行・二〇〇三年七月一日 初版第一刷 二〇二三年八月三十日 第二刷
著者・粕谷栄市
発行者・小田啓之
発行所・株式会社思潮社
〒一六二―〇八四二 東京都新宿区市谷砂土原町三―十五
電話〇三―五八〇五―七五〇一（営業） 〇三―三二六七―八一四一（編集）
印刷・創栄図書印刷株式会社
製本・創栄図書印刷株式会社

現代詩文庫

第Ⅰ期

①田村隆一
②谷川雁
③岩田宏
④山本太郎
⑤清岡卓行
⑥黒田三郎
⑦黒田喜夫
⑧吉本隆明
⑨鮎川信夫
⑩飯島耕一
⑪天沢退二郎
⑫吉野弘
⑬長田弘
⑭吉岡実
⑮富岡多恵子
⑯那珂太郎
⑰安西均
⑱長谷川龍生
⑲高橋睦郎
⑳茨木のり子
㉑安水稔和
㉒鈴木志郎康
㉓生野幸吉
㉔大岡信
㉕関根弘
㉖石原吉郎
㉗谷川俊太郎
㉘白石かずこ
㉙堀川正美
㉚岡田隆彦
㉛入沢康夫
㉜片桐ユズル
㉝川崎洋
㉞金井直
㉟渡辺武信
㊱安東次男
㊲三好豊一郎
㊳中桐雅夫
㊴中江俊夫
㊵高野喜久雄
㊶吉増剛造
㊷渋沢孝輔
㊸高良留美子
㊹三木卓
㊺加藤郁乎
㊻石垣りん
㊼木原孝一
㊽北川透
㊾菅原克己
㊿多田智満子
(51)鷲巣繁男
(52)寺山修司
(53)木島始
(54)清水昶
(55)金井美恵子
(56)吉原幸子
(57)藤富保男
(58)岩成達也
(59)井上光晴
(60)会田綱雄
(61)北村太郎
(62)窪田般彌
(63)辻井喬
(64)新川和江
(65)吉行理恵
(66)中井英夫
(67)粕谷栄市
(68)清水哲男
(69)山本道子
(70)宗左近
(71)中村稔
(72)粒来哲蔵
(73)諏訪優
(74)続飯島耕一
(75)荒川洋治
(76)佐々木幹郎
(77)正津勉
(78)辻征夫
(79)安藤元雄
(80)藤井貞和
(81)大野新
(82)犬塚堯
(83)小長谷清実
(84)江森國友
(85)天野忠
(86)嶋岡晨
(87)阿部岩夫
(88)関口篤
(89)衣更着信
(90)ねじめ正一
(91)菅谷規矩雄
(92)井坂洋子
(93)片岡文雄
(94)伊藤比呂美
(95)新藤凉子
(96)青木はるみ
(97)中村真一郎
(98)嵯峨信之
(99)稲川方人
(100)平出隆
(101)松浦寿輝
(102)朝吹亮二
(103)続荒川洋治
(104)続藤井貞和
(105)続寺山修司
(106)吉田文憲
(107)瀬尾育生
(108)続谷川俊太郎
(109)続続谷川俊太郎
(110)続田村隆一
(111)続続田村隆一
(112)続天沢退二郎
(113)続続天沢退二郎
(114)新井豊美
(115)続吉増剛造
(116)続続吉増剛造
(117)続鮎川信夫
(118)続北村太郎
(119)続吉野弘
(120)続石原吉郎
(121)続鈴木志郎康
(122)川田絢音
(123)続続吉野弘
(124)続北川透
(125)続白石かずこ
(126)続清岡卓行
(127)続宗左近
(128)牟礼慶子
(129)続吉岡実
(130)続辻井喬
(131)続大岡信
(132)続新川和江
(133)続川崎洋
(134)続清水昶
(135)続高橋睦郎
(136)続長谷川龍生
(137)続中村稔
(138)八木忠栄
(139)続佐々木幹郎
(140)城戸朱理
(141)野村喜和夫
(142)平林敏彦
(143)続渋沢孝輔
(144)続那珂太郎
(145)財部鳥子
(146)続長田弘
(147)吉田加南子
(148)続清水哲男
(149)辻仁成
(150)木坂涼
(151)田中清光
(152)阿部弘一
(153)続続大岡信
(154)続続鮎川信夫
(155)続辻征夫
(156)福間健二
(157)守中高明
(158)平田俊子
(159)村上昭夫
(160)広部英一
(161)白石公子
(162)鈴木漠
(163)高橋順子
(164)池井昌樹
(165)続続清岡卓行
(166)倉橋健一
(167)高貝弘也
(168)御庄博実
(169)続吉原幸子
(170)井川博年
(171)加島祥造
(172)続続吉原幸子
(173)続粕谷栄市
(174)小池昌代
(175)征矢泰子
(176)八木幹夫
(177)続入沢康夫
(178)岩佐なを
(179)四元康祐
(180)山本哲也
(181)続続辻征夫
(182)友部正人
(183)河津聖恵
(184)星野徹
(185)山崎るり子
(186)続渡辺武信
(187)最匠展子
(188)続安藤元雄
(189)続井坂洋子
(190)高岡修
(191)続伊藤比呂美
(192)川上明日夫
(193)秋山基夫
(194)日高てる
(195)松尾真由美
(196)川口晴美
(197)中本道代
(198)倉田比羽子
(199)中森美方
(200)岡井隆